DU MÊME AUTEUR

Aux Éditions Gallimard

LES EMMURÉS, *roman*, 1981. Prix Fénéon.

LOIN D'ASWERDA, *roman*, 1982. Prix littéraire de la Vocation.

LA MAISON DES ABSENCES, *roman*, 1984.

DONNAFUGATA, *roman*, 1987. Prix Valery-Larbaud.

CONCILIABULE AVEC LA REINE, *roman*, 1989.

EN DOUCEUR, *roman*, 1991. Prix François-Mauriac (« Folio », n° 2529).

LE ROUGE ET LE BLANC, *nouvelles*, 1994. Grand Prix de la nouvelle de l'Académie française (« Folio », n° 2847).

DEMAIN LA VEILLE, *roman*, 1995 (« Folio », n° 2973).

PORT-PARADIS, *roman*, en collaboration avec Philippe Chauvet, 1997 (« La Noire »).

DON JUAN. Adaptation du scénario de Jacques Weber, 1998 (« Folio », n° 3101).

PREMIÈRE LIGNE, *roman*, 1999. Prix Goncourt des lycéens (« Folio », n° 3487).

LE VOYAGE AU LUXEMBOURG, *théâtre*, 1999 (« Le Manteau d'Arlequin », nouvelle série).

LE POUVOIR DES FLEURS, *roman*, 2002 (« La Noire », « Folio », n° 3855).

TRAIN DE VIES, *nouvelles*, 2003 (« Folio », n° 4156).

MATINS BLEUS, *roman*, 2004 (« Folio », n° 4344).

PETIT ÉLOGE DU TEMPS PRÉSENT, *essai*, 2007 (« Folio 2 € », n° 4484).

NOUS VOILÀ, *roman*, 2009 (« Folio », n° 5149).

LA MARTRE ET LE LÉOPARD. Carnets d'un voyage en Croatie, récit, 2010.

DESCENTE AU PARADIS. Photographies de Jean-Luc Chapin, 2011 (« Lieux et écrivains »).

AU PAYS DES FAINÉANTS SUBLIMES. Voyage en Touraine avec un ami photographe, 2011 (« Le sentiment géographique »).

ET J'AI SU QUE CE TRÉSOR ÉTAIT POUR MOI, *roman*, 2016 (« Folio », n° 6378).

NATURES. Photographies de Jean-Luc Chapin, 2017.

UNE AMIE DE LA FAMILLE, *récit*, 2019 (« Folio », n° 6773).

Suite des œuvres de Jean-Marie Laclavetine en fin de volume

LA VIE DES MORTS

JEAN-MARIE LACLAVETINE

LA VIE DES MORTS

nrf

GALLIMARD

Je demande le silence
Qu'on me laisse tranquille à présent
Qu'on s'habitue sans moi à présent
Je vais fermer les yeux. (...)
Mais parce que je demande le silence
ne croyez pas que je vais mourir :
c'est tout le contraire qui m'arrive
il advient que je vais me vivre.
Il advient que je suis et poursuis. (...)
Je ne me suis jamais senti si vibrant,
je n'ai jamais eu tant de baisers.
À présent, comme toujours, il est tôt.
La lumière vole avec ses abeilles.
Laissez-moi seul avec le jour.
Je demande la permission de naître.

PABLO NERUDA,
« Vaguedivague »
Traduction Guy Suarès

Vous allez m'emmener sur la colline des Cyprès dans ma voiture. Et nous écouterons parler les morts. Ils parlent, là-bas. Ils bavardent entre eux comme des oiseaux, sur la colline, mais ils ne disent qu'un seul mot : « Vivez. » Ils disent : « Vivez, vivez, vivez, vivez ! » C'est tout ce qu'ils ont appris, c'est le seul conseil qu'ils puissent donner. Vivez, c'est tout...

TENNESSEE WILLIAMS,
La descente d'Orphée

1

Il faut que je te raconte.

Il faut vraiment que je te raconte, Annie, puisque depuis un demi-siècle, nous ne nous sommes plus parlé. Cinquante-deux ans, pour être précis. Je voudrais me souvenir des dernières paroles que nous avons échangées, quelques minutes avant ta mort, mais elles se sont évanouies. C'étaient sans doute des phrases concrètes et banales à propos du crachin aigrelet qui fouettait nos joues ce jour-là, des mises en garde concernant les rochers glissants, des observations sur le paysage, sur la montagne de la Rhune dont la silhouette de buffle endormi venait de percer la brume au-dessus de la baie de Biarritz, ou une blague envoyée à pleine voix pour surmonter le bruit des vagues dans l'excitation joyeuse du moment, parce que la mer était bruyante ce premier jour du mois de novembre 1968 où tu as été emportée, et joyeux nous l'étions, oui, cela du moins est impossible à oublier. Je veux m'adresser à toi comme si tu étais vivante. Voilà pourquoi je t'écris : pour interroger la persistance de ton image sur nos rétines, vérifier ta permanence, ton obstination à vivre encore, avec à tes côtés la compagnie de plus en plus nombreuse et remuante des disparus. Ce n'est pas un reproche, écoute, écoute donc, ma vieille sœur qui auras toujours vingt ans, mon impérissable frangine.

Existes-tu moins que moi, moins que nous, moins que ceux qui restent ? Es-tu vraiment moins vivante que les vivants ? Ce n'est pas l'impression que j'ai en regardant beaucoup d'entre eux. Tu as fait un passage parmi nous entre le 3 mai 1948 et le 1er novembre 1968. Ce n'est pas énorme, vingt ans, mais c'est assez pour se révéler inoubliable, même quand on n'est pas Rimbaud qui à cet âge avait déjà rangé ses crayons et bouclé sa valise, balancé aux orties ses poèmes et ses frasques pour s'en aller chercher ailleurs le lieu et la formule ; même quand on n'est pas Alexandre qui à ton âge avait déjà fondé la moitié d'un empire ; même quand on s'est contentée de naître, de semer quelques éclats de rire et quelques coups de gueule avant de mourir par inadvertance un jour de Toussaint, avalée par une vague vorace sur les rochers de la Chambre d'Amour.

J'ai écrit un livre sur toi. Sur les cinquante ans de silence qui ont englouti notre famille après ta disparition, sur cette énorme vague qui n'en finissait pas d'enfler avant de se briser pour nous rouler sur le sable du temps, puis se retirait, enflait de nouveau, se brisait encore, interminablement. Le récit s'intitule *Une amie de la famille.* Sur le bandeau du livre figurait une photo de toi prise sur une plage, en compagnie de Marraine, notre grand-mère. Je l'avais trouvée dans un album récupéré après la mort de notre père, parmi tant d'autres images. J'ignorais qui l'avait prise, et sur quelle plage. Je le sais maintenant : le photographe s'est manifesté après la parution du livre, comme tant d'autres fantômes qui traversaient mon récit, dont je citais les noms pour les avoir trouvés dans des journaux de l'époque ou dans des lettres, et qui ont tenu à me faire savoir qu'ils étaient toujours de ce monde. C'est d'eux que je voudrais te donner des nouvelles, Annie. Des nouvelles de nous, les vivants, de quelques morts aussi, et de ta vie parmi nous qui suit son cours.

C'était si étrange, de voir ton visage souriant dans les vitrines des librairies, toi qui n'avais guère eu le temps d'imposer ta présence sur notre terre lors de ta fugace apparition. De contempler ton sourire sur les étals, comme une revanche. Les livres ont ce pouvoir, tu vois. Ils sont le territoire où les vivants et les morts peuvent coexister à jamais. Homère, Rabelais, Cervantès, Woolf, Shakespeare, Duras, Tolstoï, Beckett et tous les autres, qu'ont-ils fait d'autre que battre en brèche les murailles qui séparent nos villes de leurs cimetières ?

Puissance de la littérature et de la poésie. Tu en connaissais quelque chose, toi qui t'es laissé ensorceler par les féeries de Lorca et de Machado. J'ignore comment tu en es arrivée à la grande littérature espagnole, à quel âge tu as sauté le pas entre Fantômette et Ignacio Sánchez Mejías, mais je sais que les livres ont été pour toi, comme pour moi et pour tant d'autres, un instrument d'exploration, un élixir d'éternité, une barque pour naviguer sur le fleuve qui sépare nos royaumes respectifs. Je ne me souviens pas d'en avoir parlé avec toi. Je ne sais pas ce qui t'a conduit vers eux, comment tu as réalisé leur pouvoir, mais j'imagine qu'il y a eu un moment précis, une révélation. Pour ma part je me souviens parfaitement, tel Aureliano Buendía face au peloton d'exécution dans *Cent ans de solitude,* de ce lointain après-midi où Alexandre Dumas m'emmena faire connaissance avec la mort. Laisse-moi te le raconter.

Étais-tu présente ce jour-là, dans notre appartement de la rue Blaise-Pascal, je ne le sais plus. Je devais avoir douze ou treize ans, c'était avant la Chambre d'Amour, c'est certain, avant la grande vague millésimée 1968.

Disons que tu étais là. Souviens-toi, la cuisine est étroite, pour les repas nous nous serrons autour d'une petite table en formica : toi, Bernard, Dominique, moi, les parents. Les repas sont riches, souvent à base de friture, de beignets (d'aubergines, de cervelle, de courgettes, de salsifis, de pommes de terre : le beignet est prêt à tout, il peut absorber l'univers, il résume la vie, brûlant au-dehors et tendre au-dedans, tout habillé d'or et pourtant habitué des cuisines modestes, écœurant à la longue comme la vie quand on en abuse). Chacun de nous a sa spécialité : toi la rébellion spontanée, pendant un temps l'anorexie envisagée comme une arme fatale, moi l'insolence systématique et les facéties ravageuses au point de me faire surnommer Attila, Dominique le petit prince aux cheveux blonds et sa poésie angélique (il aura une période punk, tout de même), Bernard la droiture et la gentillesse mais une obsession balistique qui le conduit à expérimenter jusqu'à ses plus extrêmes limites l'art du jet de boulettes de mie de pain. Au sommet de sa technique il utilise la vitre convexe de la pendule accrochée au mur pour atteindre par ricochet la mise en plis impeccable de Maman, qui finit le repas avec la chevelure constellée comme un sapin de Noël et reste néanmoins impavide et souriante.

Ce jour-là, comme souvent, je rentre chez nous à toute vitesse après les cours, afin de rejoindre le livre que j'ai dû à grand regret abandonner le matin même avant le petit déjeuner pour obéir aux fades obligations de la scolarité. À peine rentré à l'appartement familial je me jette sur le lit, et les murs de la petite chambre que je partage avec Dominique se dissolvent aussitôt dans l'éternité de la fiction : me voici enfin de nouveau dans la grotte de Locmaria, où résonnent l'écho des coups de feu, les gémissements des blessés, et le murmure d'Aramis à l'oreille de son ami Porthos. Car je suis en train de terminer *Le Vicomte de Bragelonne*, autant dire que le quotidien, à côté, ne pèse pas lourd.

J'ai dévoré un par un et dans le plus grand désordre les volumes de Dumas que m'offrait la bibliothèque voisine : *Ange Pitou, Le Collier de la reine, Joseph Balsamo* (mon préféré avec *Monte Cristo*), *Les Compagnons de Jéhu, La Dame de Monsoreau, Le Chevalier de Maison-Rouge,* et bien sûr la trilogie des *Mousquetaires* que je suis en train d'achever, déchiré entre l'envie de faire durer mon plaisir et celle d'avancer à tout prix vers la fin, supplice familier aux lecteurs – et aux amoureux. Allongé sur mon lit, je tourne les pages avec fébrilité, impatient de découvrir comment l'auteur va encore une fois tirer nos héros d'une posture périlleuse. Nous en avons vu d'autres, eux et moi.

Aramis et Porthos sont poursuivis par les Gardes du Roi. Ils sont tout proches, on entend leurs cris. Combien ? Une centaine sans doute, arrivés à l'entrée de la grotte de Locmaria, à Belle-Île, où sont retranchés les deux fuyards qui tentent dans l'urgence d'élaborer un stratagème pour leur échapper. La grotte est en réalité une sorte de tunnel constitué d'une succession de salles, dont la dernière débouche sur une petite anse où une embarcation et quelques marins bretons les attendent. Encore faut-il qu'ils échappent à la meute des Gardes, rendue furieuse par les premiers morts qui ont jalonné la poursuite. Les soldats sont à la fois excités et terrifiés : ils viennent d'apprendre que les deux hommes qu'ils doivent ramener morts ou vifs sont deux des quatre célèbres mousquetaires dont les hauts faits d'armes ont fait vibrer la France vingt ou trente ans plus tôt. Qui ne se souvient qu'au bastion Saint-Gervais, naguère, ils ont mis en déroute à eux seuls une armée entière ?

Moi, en tout cas, je m'en souviens. Je les ai vus vieillir, ceux-là. Les quatre mousquetaires ne sont plus les jeunes gaillards flamboyants des premiers volumes. Le temps a jeté du sel dans leurs cheveux et de l'eau dans leur vin. Aramis, désormais chevalier d'Herblay, a perdu une partie de son âme en consacrant sa vie aux tortuosités de cour. Le voilà évêque de Vannes, et même général des Jésuites : une dégringolade. D'Artagnan croule sous les médailles glanées aux champs d'honneur. Athos, mon favori, le cher Athos, comte de la Fère, épuise son dernier souffle dans un crépuscule de tristesse après la mort de son fils, le vicomte de Bragelonne. Quant au brave Porthos, « adjudant des colosses » devenu baron du Vallon de Bracieux de Pierrefonds, il est riche à crever et ne sait plus où ranger ses habits cousus d'or. Hier encore je les suivais sur les champs de bataille et dans les folles embuscades, j'enviais leur jeunesse intrépide, leurs passions amoureuses, leurs rires, leur fierté indomptable. Puis je les ai vus assagis, respectables, nantis mais à nouveau le vent de l'aventure les a repris. En littérature les années passent comme des jours.

Heureusement, le père Dumas veille au grain, il ne m'a jamais déçu, il n'a pas son pareil pour balayer les brumes de la mélancolie, et je ne doute pas un instant que mes deux amis vont se tirer d'affaire, eux que leur créateur a placés dans cette délicate situation par simple goût du jeu. Aramis est un vrai renard. Il vient d'avoir une idée fumante, il la chuchote à l'oreille de Porthos, nul doute qu'elle sera la bonne. Elle est simple : il s'agit de balancer un baril de poudre dans la masse des Gardes du Roi arrivés dans la première salle, et de fuir avant que l'explosion ne provoque un effondrement de la grotte. Ainsi les poursuivants ne pourront les empêcher de rejoindre la barque du salut. Seul un bras de Titan peut réaliser cet exploit, car il faut expédier le baril très loin. Porthos se dit prêt. Aramis allume la mèche, et la lumière crépitante ainsi produite dans l'obscurité de la caverne révèle une vision dantesque : celle des visages livides des poursuivants, qui comprennent à l'instant ce qui les attend, dominés par la figure du géant dressé au-dessus d'eux, furieux et ensanglanté (il a dû prendre quelques balles perdues, mais ce sont pour lui des piqûres de moustique). La déflagration est terrible, les soldats périssent sous une avalanche de roches qui dès cet instant se propage à la façon d'un jeu de dominos.

Mais alors que Porthos s'apprête comme prévu à fuir l'éboulement en se ruant vers la sortie, soudain ses jambes inexplicablement le trahissent. Aramis, près de la barque, le presse d'arriver, cependant le colosse est incapable de faire un pas, terrassé sans doute par une faiblesse du cœur. Il sera bientôt trop tard ! Mes exhortations se joignent à celles d'Aramis, en vain. Autour de lui les parois de la grotte se fissurent et libèrent d'énormes blocs de granit. De part et d'autre de son corps tombent deux grandes plaques de pierre qui menacent de l'écraser. Ses bras d'Hercule parviennent un temps à les retenir. Une roche alors s'abat sur ses épaules, comme pour lui donner le coup de grâce.

« Patience, patience ! » murmure-t-il à l'adresse de son ami qui ne le voit plus et ne peut l'entendre.

Allongé sur mon lit, les doigts tremblants, incrédule, je n'ose pas tourner la page. Mortel, Porthos ? Impensable.

Cependant les rochers l'écrasent lentement. « Trop lourd », souffle-t-il. Ce seront ses derniers mots (et je pense aux mots de Louis-Ferdinand Céline quand on lui demandait de caractériser ses frères humains, à l'heure du départ : « Ils étaient lourds »).

Il m'est difficile de te décrire l'émotion qui me saisit à ce moment. Les larmes qui montent, le souffle qui manque, la gorge nouée. Je viens de perdre un ami, mais ce deuil n'est pas un deuil ordinaire, il est étrangement gonflé de vie, chargé de joie. Je sais que je vis une expérience capitale, sans en discerner la nature.

D'où vient le bonheur que nous ressentons à la lecture d'histoires tristes ? Tous les beaux livres le sont, et nos lectures les plus chères sont baignées de larmes. Cette réflexion, je me la ferai plus tard, bien sûr. Pour l'heure je suis stupéfait, paralysé par la nouvelle affreuse, je partage le chagrin d'Aramis, plus rien d'autre n'existe.

On dirait bien, pourtant, que le monde alentour a suivi son cours, car une voix me parvient depuis la cuisine, celle de Maman qui crie : « À table ! »

À table ? Mais je ne suis pas là ! Je suis à Locmaria, je viens d'assister à la mort d'un ami !

À la troisième sommation, il faut bien que je me traîne jusqu'à la cuisine. Lors du dîner qui suit, j'ai un sentiment violent de dédoublement. Vous bavardez tous tranquillement sans avoir la moindre idée de ce qui vient de m'arriver. Il aura fallu que Porthos meure (j'ai appris depuis que Dumas a pleuré le jour où il a mis fin aux jours de son personnage ; d'ailleurs Aramis lui-même pleure, à cette occasion, pour la première fois de sa vie) pour que je prenne conscience de la puissance d'incarnation de la littérature. Comme si elle était décidément plus réelle que le réel. Je me suis toujours, par la suite, souvenu de ce moment comme de celui d'une révélation, je l'ai souvent raconté. Certains voient Jésus ou la Vierge, j'ai vu Porthos, je l'ai senti si proche au moment de sa mort qu'il m'a permis d'approcher ce mystère comme je ne l'avais jamais fait auparavant. Pourquoi lui ? Pourquoi cette scène, précisément, alors que ma mémoire de lecteur de treize ans était déjà un vaste cimetière peuplé de personnages ravis à mon affection de façon souvent précoce et cruelle ? Je l'ignore. Quelque chose a basculé. Car cette mort n'est pas seulement affligeante ou révoltante. Parfois, la mort d'un être adoré est comme une naissance. Bien qu'affreuse, elle ouvre des horizons nouveaux, nous fait nous sentir à la fois plus libre et plus fort. Elle est pleine d'une vie inextinguible. Ce jour-là je comprends que si demain je décide de relire la trilogie – à cet âge on peut relire trois, quatre, cinq fois les livres que l'on a aimés – je verrai Porthos renaître, différent peut-être mais toujours aimable, j'entendrai de nouveau son rire de grandes orgues et ses répliques faussement naïves, le hennissement de son cheval, le tintement de son épée.

J'ai ressenti *dans le même instant* la tristesse de sa disparition et la joie de le savoir éternel – comme tu as gagné un peu d'éternité à apparaître dans un livre, Annie. J'ai su que dès le lendemain je pourrais partager ma lecture, en parler fiévreusement à mes proches, que je pourrais lancer mes mousquetaires au galop sur les sentiers de l'amitié. Voilà ce qui rend la littérature supérieure à la vie ordinaire : elle offre des territoires sauvages, inviolés, où l'on se promène dans une solitude enivrante ; mais on y est relié à l'humanité entière, tout peut y être partagé, la solitude y est peuplée, traversée par d'innombrables ruisseaux de vie, ce voyage est sans fin. L'enthousiasme que nous ressentons à la lecture de grandes scènes de la littérature ne vient pas seulement de leur qualité esthétique, mais aussi de ce qu'elles nous font prendre conscience, soudain, que nous sommes capables de grandes émotions : nous avons ce trésor en nous, que l'existence ordinaire enfouit sous la banalité des heures, et c'est un trésor partagé entre les êtres, entre les siècles. En se jetant sous un train, Anna Karénine nous rend plus grands, plus heureux, plus intelligents, comme Emma Bovary en avalant son arsenic ou Don Quichotte subissant les pires avanies et humiliations. Malheur, tristesse, joie, désir, amour, haine : en nous donnant à voir et à comprendre la vie dans ce qu'elle a de plus cru, de plus mystérieux aussi, la littérature nous hisse vers notre propre humanité. Les personnages des livres nous font toucher du doigt nos vérités intimes, ils nous prennent par la main, ils ne nous veulent aucun mal, rien de mauvais ne peut arriver par eux, ils nous guident et nous éclairent dans la nuit du réel.

2

Ce livre dont vous êtes le centre, toi et le silence dont tu as accouché, a suscité des réactions intenses chez des lecteurs inconnus. Combien m'ont dit ou écrit : « Votre sœur est devenue la mienne » ? Voilà la famille sérieusement agrandie. Voilà aussi pourquoi je m'adresse à toi aujourd'hui. J'aurais dû reprendre ma vie d'écrivain, recommencer à inventer des histoires, mais quelque chose bloquait. En écrivant *Une amie de la famille* j'ai renoncé pour un temps – peut-être à jamais – à la fiction. Peut-être après tout l'invention d'histoires, durant plusieurs décennies, n'aura-t-elle été que le moyen de contourner la réalité indicible de ta disparition, et au-delà de ta disparition, celle de la mort, tout simplement, à laquelle j'avais été confronté à quinze ans violemment et sans préparation. Quoi qu'il en soit, la fiction m'aura procuré des joies immenses, des émotions sans équivalent. Être seul dans une pièce, voir sortir de soi et se déployer un univers vivant, avec ses paysages jamais vus, ses personnages purement inventés et pourtant si intimement proches aura été, malgré les angoisses ou même les périodes de désespoir afférentes, un émerveillement, une ivresse.

Une amie de la famille ne contient que des faits véridiques, il retrace notre histoire en tentant de déjouer les inventions de la mémoire, cette excellente romancière. Paradoxalement, il me semble n'avoir pu l'écrire que parce que j'avais auparavant passé ma vie à construire des romans, à tenter de faire fonctionner la mécanique de la narration. Il fallait faire de nos vies un récit ; or même si l'on cherche à préserver la sincérité la plus grande, cela n'a rien de naturel de raconter une vie, c'est un travail, une mise en forme et en voix, et la spontanéité peut se révéler, en l'occurrence, notre pire ennemie. Il s'agissait non pas d'exprimer une douleur, celle de ta perte, celle de ton absence, mais de partager une expérience universelle. D'emmener le lecteur sur le territoire commun où chacun peut se reconnaître dans l'autre et chercher avec lui un sens.

Trop de coïncidences, de lettres reçues, de rencontres inattendues, trop de surprises ont émaillé la période qui a suivi la publication pour que je puisse passer à autre chose. Tous ces signes me ramenaient non seulement à notre histoire, mais surtout à la puissance mystérieuse de l'écriture, à ce qu'elle rend possible, à ce qu'elle délivre ou dénoue.

J'ai raconté notre promenade du 1er novembre 1968 sur la plateforme rocheuse située en contrebas du phare de Biarritz, face à la Chambre d'Amour. Ce jour-là nous avons été submergés par une vague tous les quatre – toi, ton amoureux Gilles, Bernard et moi. Pas si grosse, pourtant, pas si impressionnante, cette vague. Elle roulait tranquillement sa bosse gris-vert, sans hâte, à peine un peu plus haute que les précédentes, suffisamment tout de même pour passer par-dessus l'estrade rocheuse où les autres étaient venues sans succès se fracasser en contrebas dans un tonnerre furieux accompagné d'un déploiement de draperies d'écume mugissante qui nous faisaient rire. « Attention, ça va mouiller ! » : tu as eu le temps de lancer ce cri, me dira Gilles cinquante ans plus tard, mais pas celui de te retourner et de fuir. Elle était là, sur toi, posant ses griffes sur tes mollets, sur tes épaules, t'attirant implacablement vers le vide, emportant Gilles également après lui avoir arraché ses lunettes pour le rendre aveugle, essayant dans le même temps de nous agripper, Bernard et moi. Nous avons senti sur nos jambes sa prise solide, mais nous étions en retrait, doigts crispés sur les moindres anfractuosités pour résister à la puissance du reflux, et nous avons réussi à lui échapper, tandis que vous vous éloigniez déjà, Gilles et toi, et avec vous la part précieuse de nos jeunesses, notre bonheur, nos rires. Vous avez été bientôt séparés par les courants ; Gilles a finalement pu reprendre pied avant de perdre connaissance, tu as commencé à lutter seule contre l'eau froide, longtemps, longtemps. Alertés, les pompiers ont mis un Zodiac à la mer pour tenter un sauvetage, mais le capitaine a ordonné de rebrousser chemin devant l'hostilité du ressac, de peur de mettre en danger la vie de l'équipage. Un article de *Sud-Ouest* le lendemain, racontant le drame, précise que quatre jeunes surfeurs n'ont pas hésité à se jeter à l'eau malgré le grand danger et sont parvenus à ramener ton corps sur la plage où notre mère courait de long en large en suppliant que l'on sauve sa fille.

Ces jeunes gens font partie de ce que je veux te raconter. Je peux même dire que l'un d'entre eux est à l'origine du désir que j'ai eu de t'adresser ce post-scriptum. Il s'appelle Jacques Fagalde, et a un lien particulier avec toi.

Je suis né ce jour-là, à quinze ans. Ma vie a dès lors pris une orientation nouvelle – elle m'a poussé notamment vers l'écriture. Il fallait que tu meures pour que je naisse, en quelque sorte, comme il a fallu attendre le décès de nos parents pour que je ressente l'envie irrépressible de te faire resurgir dans la voix des vivants.

Une amie de la famille ne retrace pas seulement cette journée, mais l'éboulement du réel en cascade autour de nous, semblable à celui de la grotte de Locmaria. J'y raconte le demi-siècle de silence qui a suivi ta disparition dans l'eau gris-vert de la Chambre d'Amour, ce silence implacable comme un sortilège. Nous étions incapables de prononcer ton nom, malgré les quelques photos de toi dans l'appartement des parents, qui attestaient discrètement de ton passage parmi nous. Tu étais là, pourtant, telle que je te décris dans le livre : une présence tenace, transparente et fluide comme un souffle, un fantôme doux, un pas léger sur les feuilles mortes, une ombre mélancolique au parfum omniprésent qui se déplaçait auprès de chacun de nous et posait doucement ses doigts sur la bouche de ceux qui s'apprêtaient à parler.

Mon objectif premier était donc de décrire cette vague obscure de silence qui nous a portés pendant cinquante ans, qui nous a rendus muets mais nous a également soulevés pour nous permettre de passer par-dessus la douleur du deuil. Tout de suite la reconstitution des événements s'est heurtée aux faiblesses ou aux mensonges des souvenirs, aux effacements progressifs, aux transformations et aux métamorphoses que la mémoire fait subir aux faits. J'avais besoin, avant tout, de retrouver Gilles, vite perdu de vue après l'accident malgré quelques tentatives de maintenir des liens. Or nulle trace ne subsistait de lui, pas même sur internet. J'ai fini par le localiser, au terme d'une enquête parfois décourageante. Petit à petit, au fur et à mesure de l'avancée de mes recherches, ta figure s'est recomposée. Il serait faux de dire que je t'ai retrouvée : je t'ai découverte comme jamais je n'avais pu te voir de ton vivant. Beaucoup d'éléments jusque-là ignorés sont venus s'assembler grâce aux témoignages des uns et des autres et aux correspondances que j'ai pu consulter. J'ai rencontré Lydie, ton amie de cœur inconsolée, j'ai découvert la merveilleuse correspondance de nos parents, tes lettres à Lydie ou Gilles, j'ai parlé avec celles et ceux qui pouvaient t'avoir rencontrée ou qui ont tenté, comme Lise et Marion, tes nièces nées dix ans après ta mort, de percer le mystère du fantôme de la famille.

L'écriture aurait-elle le pouvoir de ressusciter les morts ? Non, bien sûr. Mais elle fait sentir puissamment leur présence. « La vie des morts... », murmurait notre père en laissant errer son regard parmi les nuages, à travers la fenêtre de sa cuisine devant laquelle il restait assis des heures entières. Mes frères Bernard et Dominique ont parlé de la « force intranquille des mots », et de la « fraîcheur » qu'insufflent les phrases autour de la silhouette retrouvée de notre sœur. Mais quel est donc ce pouvoir des mots ? Gilles m'a écrit après avoir lu le texte : « Dans ta quête de ce qui fut sa vie, et dans l'évocation de l'empreinte profonde et indélébile qu'elle a laissée dans la vie et la mémoire de ceux qui l'ont aimée, elle est là de nouveau devant nous, presque tangible, douloureusement et heureusement tangible. » Beaucoup m'ont dit qu'ils avaient le sentiment d'avoir fait une véritable rencontre avec toi en lisant ces pages. Jean-Luc, par exemple, qui a découvert ton existence à cette occasion malgré notre vieille amitié, ou Sophie, si proche depuis des années, qui me dit à quel point elle te trouve attirante, et combien elle aurait aimé te connaître. « Annie est née avec ce livre, elle naîtra chaque fois que quelqu'un le lira. Tes parents en auraient été bouleversés mais je suis sûre qu'ils auraient été heureux de ce présent. » Ou encore Eva, née en Hongrie, où Attila est vénéré comme un héros fondateur : « Ah, on t'a surnommé Attila ! Voilà qui est étonnant et qui me rappelle combien le poète Attila József a pris conscience de lui-même à travers cet illustre prénom. Entre tes lignes, je lisais ainsi un de ses vers, si difficiles à rendre en français. En parlant de ses parents : *Mikor mozdulok, ők ölelik egymást.* Littéralement : chaque fois que je bouge, c'est eux qui s'étreignent, disons que ça signifie que chacun de nos mouvements nous renvoie à l'étreinte originelle dont nous sommes nés. Et chaque page de ton livre fait s'aimer de nouveau tes parents. »

Beaucoup aussi me disaient avoir le sentiment de te connaître après avoir lu le livre, ou de te comprendre, de te considérer comme une amie. « Une fille comme moi se sent proche d'une fille comme elle », m'a confié la jeune Marie. Ou Leïla : « On fait avec elle une rencontre bouleversante, et au fil des pages sa silhouette émerge des vagues, on se met à imaginer son visage, sa démarche, les méandres de son âme. Et puis, surtout, sa voix. On parvient à entendre cette gouaille, ce ton unique, cette liberté aussi… »

Juste après la parution, lors d'une signature au Salon du Livre de Paris, une femme est venue me voir. Elle m'a dit qu'en entrant dans une librairie, elle avait lu la quatrième page de couverture et avait été frappée : elle est née le jour de ta mort, le 1er novembre 1968, et elle aussi a perdu une sœur âgée de vingt ans, qui avait connu comme toi des périodes d'anorexie. Ce deuil, elle n'a jamais pu l'accepter, et faisant ta connaissance elle a éprouvé un sentiment d'apaisement comme, m'a-t-elle dit, si tu étais devenue sa sœur.

Des rencontres semblables, j'en ai fait bien d'autres depuis. J'ai reçu beaucoup de lettres, de courriels. Je me suis interrogé sur la littérature et sur les rhizomes invisibles qu'elle répand à l'infini. Je n'ai pas écrit un témoignage, qui se serait réduit à un cri de douleur, à une tentative solitaire de thérapie par l'écriture. Je ne cherche pas à dire ni à guérir une souffrance qui, si elle existe, ne regarde que moi. Je cherche, en toute simplicité, à partager une interrogation sur le sens de notre présence au monde. Cela peut paraître immodeste, c'est pourtant la mission de tous les écrivains, qu'ils choisissent pour cela les armes de la fiction, du récit autobiographique, de la poésie ou toute autre forme littéraire codifiée ou hybride. Quand Céline écrit *Mort à crédit* il raconte sa vie, mais cet aspect devient secondaire au regard de ce qu'il invente : une pure création, une musique nouvelle, une façon inédite d'écouter le monde et de le faire entendre. Tout écrivain ne dispose pas de tels moyens, certes, rares sont ceux qui s'avèrent capables comme Louis-Ferdinand de faire donner tour à tour ou simultanément dans une même page l'orchestre symphonique, l'orphéon de village, le quatuor de chambre et le tam-tam de brousse. Chacun fait ce qu'il peut, et convie l'univers. Il ne s'agit pas de s'exhiber, de provoquer, de s'apitoyer, de se mettre en avant. Écrire, c'est tenter de *saisir en soi ce qui est plus précieux que soi*, et de le partager.

Le temps est un sprinteur discret. Cocteau confiait ainsi à l'un de ses amis : « Je suis content ; je viens de trouver enfin un cadeau pour mon petit-neveu. Je lui ai acheté un cheval de bois. Mais j'ai appris qu'il vient d'être nommé colonel. Ah ! Le temps passe… » Voilà pourquoi sans doute j'ai laissé filer cinquante ans avant de me lancer à la recherche de Gilles, qui n'a jamais été nommé colonel mais qu'un vent farceur a déposé dans l'Est lointain pendant que je regardais ailleurs. Le retrouver n'a pas été simple, et pourtant j'aurais pu y parvenir beaucoup plus vite si j'avais accepté de considérer que le monde est plus petit encore qu'on ne le dit.

En effet, tandis que je commençais à rédiger mon livre, en me demandant qui tu étais, Annie, en scrutant dans le bac à révélateur ton visage qui commençait à se dessiner sur le papier photo, en cherchant des traces, en récoltant tant bien que mal des lambeaux de souvenirs disséminés dans le terrain très vague de ma mémoire, en cherchant la piste de Gilles qui s'était littéralement dissous dans le vide cosmique, je continuais par ailleurs à exercer mon activité éditoriale chez Gallimard. Je lisais des manuscrits, œuvrais pour qu'ils soient publiés ou non, j'accompagnais des auteurs dans leurs réflexions, dans leurs projets et souvent dans leurs tourments. Je rencontrais par exemple Elena, jeune romancière que j'avais accompagnée pour son premier roman et qui était en train d'écrire le deuxième. Lors de nos rencontres je ne lui parlais pas de mon propre projet, bien entendu, dont seuls les très proches connaissaient la teneur. Je n'avais aucune raison d'évoquer ta figure ou le nom de Gilles devant Elena, de lui raconter que pour le retrouver j'avais envoyé en pure perte des dizaines de courriels à des adresses forgées au hasard à partir de son nom, en variant les points, les tirets, les noms d'opérateur, en espérant que l'une d'elles se révélerait la bonne ; aucune raison de lui avouer que j'avais peu à peu acquis la triste certitude qu'il était mort, une amie m'ayant affirmé que de nos jours, si l'on ne retrouve pas une personne malgré les moyens prodigieux que nous offre la Toile, c'est que cette personne n'est plus de ce monde. Tout cela ne concernait pas Elena, qui avait d'autres chats à fouetter, me disais je. Il aurait suffi, pourtant, lors d'une de nos rencontres à Paris, où elle vit, que je lui demande d'ouvrir son sac à main et d'en sortir son répertoire, pour y trouver le renseignement que je désespérais d'obtenir. Quelque temps après la sortie du livre, j'ai reçu un message d'elle, tout à fait inattendu, dans lequel elle me disait l'avoir lu, et avoir été troublée par un élément précis. Elle avait immédiatement compris, en lisant certains détails de mon récit, que le Gilles dont je parlais était le professeur d'espagnol qu'elle avait eu en classe préparatoire à Nancy et dont elle avait adoré l'enseignement. « Je me souviens très bien de lui. Je l'imagine maintenant au bras de ta sœur… » Quand elle m'en a parlé de vive voix, elle m'a dit tout le bien qu'elle pensait de ce professeur qui citait Boby Lapointe en cours et lui avait fait découvrir des auteurs importants – voilà pourquoi elle avait conservé ses coordonnées. Oui, il aurait suffi que je fasse part à Elena de mes difficultés pour que ma longue quête s'en trouve aussitôt abrégée. Mais alors je n'aurais pas fait tout le chemin qui m'a permis, par ses sinuosités mêmes, de glaner bien des détails utiles à la reconstitution, je n'aurais pas pu laisser mon texte progressivement se gonfler de vie au gré de mes découvertes, de mes vagabondages dans les correspondances et les albums photographiques. Mon ami Bertrand, qui apparaît aussi dans *Une amie de la famille*, lorsque je lui ai raconté l'anecdote m'a répondu par une citation de Juan Carlos Onetti, auteur que nous chérissions à l'époque de nos voyages ensemble en Amérique latine : « La vie ne prend pas ses affaires au sérieux. » C'est sans doute pour cela, pour son caractère souvent imprévisible et fantasque, qu'elle nous est si précieuse.

3

Les morts ont la vie dure. J'ai pu me rendre compte, après la parution du livre, à travers les courriers ou les témoignages directs que je recevais, que ton souvenir n'était pas resté confiné durant cinq décennies dans le caveau de silence que nous lui avions fabriqué. Des gens m'écrivaient, ou venaient me voir lorsque je passais dans des librairies. Certains t'avaient connue et me racontaient les images qu'ils conservaient de toi. Je découvrais que tu avais laissé en eux des empreintes profondes, non seulement par le caractère tragique de ta mort, mais par ta personnalité même. L'un me racontait être parti en vacances au ski en ta compagnie, une autre avait été en classe avec toi.

Tout cela, il fallait que je le raconte. Mais comment ? Récemment, en discutant avec une connaissance récente, Xavier, comme je lui faisais part de mon désir de relater ce qui avait suivi la publication du livre, et d'écrire une suite que j'intitulerais *La vie des morts*, sur la forme de laquelle je m'interrogeais, il m'a donné ce conseil très simple : « Adressez-vous à elle. » J'ai pensé alors à ces quelques lignes, extraites d'un message que m'a envoyé un jeune homme prénommé Alexandre, qui travaille à Lourmarin avec mon amie Catherine, et que je connais trop peu : « Je veux encore vous dire mon émotion à la lecture de ces trois ou quatre passages dans lesquels vous ne vous adressez plus à nous qui vous lisons, mais à votre sœur directement. Je n'arrive pas à voir dans ce "tu" un effet de style, et crois plutôt à l'aboutissement d'un processus réparateur dont j'imagine le bien qu'il vous fait après tant d'années de silence. Je vous suis reconnaissant de nous avoir laissés être les témoins de ces moments du renouement, si fugitifs et forts à la fois. »

Tu vois, tu t'es fait beaucoup d'amis. Une véritable cour, dis-moi. Tant de gens rassemblés autour de toi non pas comme on se rassemble autour d'un catafalque, mines blafardes, yeux rougis, gestes gelés, mais plutôt comme une conspiration amicale à l'occasion d'une fête-surprise.

Un autre Alexandre : « En jouant à cache-cache avec la mémoire ; en mettant en lumière, chez les uns et les autres, les contradictions qui font une vie, c'est avant tout une sensation de liberté, ou de libération, que tu communiques à ces pages, et à ceux qui les lisent – et c'est cette même liberté que tu offres à celle qui y est enclose. Cette liberté-là, seul un texte pouvait la produire, car toutes ces opérations sont spécifiques à la littérature. »

À ceux qui m'ont demandé si la rédaction de ce livre avait apaisé la douleur de la perte, j'ai dû répondre que non, bien au contraire : tu es plus réelle, plus vivante que tu ne l'étais avant que je n'entame ce travail, et tu me manques d'autant plus aujourd'hui. La littérature, décidément, ne soigne rien. Elle se contente de nous rendre vivants.

« Ce livre, m'écrit Katia, c'est exactement le contraire d'un testament, c'est comme un testament de vie. » Une amie chère, Muriel, confirme que selon elle notre père avait sacrément raison de croire à la vie des morts. Elle ajoute que les mots partagés dans le livre donnent raison au poète chinois : « Vivre n'est pas suffisant, il faut s'en souvenir et le raconter. » Carole, de son côté, a entendu ta voix en même temps que celles de nos parents, « vivante, quotidienne, suspendue, simple, modeste ». « C'est si beau que les morts offrent des fleurs aux vivants », conclut-elle en faisant allusion à un rêve que j'ai raconté. Jean-Baptiste, pour sa part, a vu s'esquisser autour de ton souvenir le portrait d'une époque, du temps qui passe et emporte tout. Cela lui a fait penser à une note du *Journal* de Virginia Woolf dans lequel elle écrit, au sujet de son roman *Les Vagues* : « Ce pourrait être des îlots de lumière, des îles dans le courant que j'essaie de représenter ; la vie elle-même qui s'écoule. » Et mon vieux poteau, Daniel, se dit que c'est moins un livre sur le secret que sur le silence, sur la façon dont la parole a été recouverte par cette vague... « Une façon de mourir soi-même au souvenir sans volonté délibérée de le tuer. Une terrible sédimentation de la douleur. » Daniel m'a d'ailleurs proposé un texte pour la quatrième de couverture, qui se terminait ainsi : « Et ce qui apparaît peu à peu est une jeune femme on ne peut plus vivante, une Annie intacte dans sa fougue, ses doutes, ses enthousiasmes, ses joies et ses colères, une jeune femme absolument contemporaine, c'est-à-dire toute faite pour l'avenir. » Voilà donc à quoi sert la littérature, ajoute-t-il, lui qui a publié un livre intitulé *Mon frère.*

Il y a ceux que mon récit renvoie à un drame personnel. L'un me raconte qu'il a tué accidentellement sa fiancée – en novembre 1968 –, et que le dialogue avec les morts que mon livre propose l'apaise. Un comédien, Filip, avec qui j'ai sympathisé un an plus tôt en Algérie, sans pour autant que nous entretenions une relation suivie, m'écrit ce message déchirant : « J'éprouve aujourd'hui le besoin de t'écrire… Je ne sais pourquoi, car nous nous connaissons à peine et nous sommes loin d'être intimes… Cependant, en ces temps douloureux – ma femme et moi-même avons en effet perdu notre fils de 13 ans, que nous avons enterré cette semaine – et sans doute suite à nos rares rencontres et à la lecture de ton livre, il m'est indispensable, pour ne pas dire évident, de t'écrire ce petit mot, cela me réconforte. »

Nous tous, lectrices et lecteurs, cherchons dans les romans et les récits ces correspondances délicates, le sentiment que c'est bien de notre histoire personnelle qu'il est question, même s'il s'agit de fictions, même si l'action se déroule sous le règne de Domitien ou dans la jungle de Madagascar. J'ai éprouvé cette sensation en d'innombrables occasions, récemment encore en lisant *Manuel à l'usage des femmes de ménage,* de Lucia Berlin : je voyais la vie à travers ses yeux, il me semblait que son ironie à la fois acide et mélancolique, ses fêlures, son étrangeté au monde étaient les miennes, et malgré la tristesse de son destin abîmé par l'alcool et la malchance, je m'en suis senti réconforté.

Philippe m'écrit que mon livre lui a rappelé l'année 68 qui lui a, en quelques jours, fait troquer le poster des Rolling Stones dans sa chambre pour les photos de Che Guevara et de Cohn-Bendit – concernant ce dernier, précise-t-il, il se sent en droit de lui réclamer des dommages et intérêts. Je ne peux que l'approuver sur ce point. En citant les paroles du « Let it be » des Beatles il se dit heureux de t'avoir rencontrée vivante comme tu savais l'être.

Un autre Philippe évoque les aspirations de la jeunesse de la fin des années 60, l'Église, la province, l'eau courante, la 2CV de nos parents, beaucoup de choses qui résonnent dans son propre roman familial, jusqu'à ta robe blanche qui ressemble à s'y méprendre à celle que porte sa mère dans l'album de famille en 1968, alors qu'il n'était pas né. Raconter ta courte vie a permis cela : les hésitations de la mémoire, les imprécisions et les erreurs dans la reconstitution des faits, ces brouillards intimes que je n'ai pas cherché à dissimuler, c'est bien ce qui tisse le roman de nos vies. Cela lui remet à l'esprit ces vers d'Aragon chantés par Montand : « Un jour vient que rien n'est plus qu'un récit / Rien ne fut rien n'est comme on le raconte / On construit de mots la chair du passé / Au poignet des gens ont gelé leurs montres… »

Hélène me parle de la présence des photographies dans *Une amie de la famille*, qui apaisent le mouvement du ressac, jusqu'à la photo de ta montre que j'ai prise chez Gilles à Nancy, ta montre arrêtée à l'heure où tu es tombée à l'eau. Sur ces photos, tu as tous les visages et tous les âges, Hélène te reconnaît comme elle reconnaît les lieux et les papiers peints d'autrefois. Tu es pour elle l'amie d'enfance. Hélène évoque la dernière photo, où l'on te voit à dix-neuf ans, souriante et sans doute un peu éméchée, lever un verre à l'avenir qui chante. On y aperçoit, au-dessus de toi, un plateau en cuivre qui renvoie l'éclat du flash.

Cet objet, que nous avons toujours vu sur les murs des appartements où nous avons vécu, a été rapporté d'Afrique par notre grand-père marin, Paul, parmi tant d'autres objets exotiques aujourd'hui disséminés dans la famille. Encore un fantôme qui nous aura hantés gentiment, pas vrai ? Avons-nous parlé de lui, de ton vivant ? Je n'en ai aucun souvenir, et pourtant c'est forcément arrivé. Nous ne l'avions pas connu, il purgeait lui aussi une longue peine de silence familial. Du moins existait-il quelques raisons à cela. Paul avait de vraies qualités, sans aucun doute, sinon notre chère Marraine n'aurait pas jeté son dévolu sur lui, au grand dam de ses parents pharmaciens qui jugeaient l'élu de trop basse extraction. Peut-être même laissait-il entrevoir la promesse d'une certaine réussite sociale, qui sait. Mais il avait un adversaire redoutable, celui que désigne un personnage de Tchekhov dans une de ses nouvelles, en des termes repris approximativement quelques décennies plus tard par le capitaine Haddock lors d'une fameuse conférence devant la Société anti-alcoolique : le pire ennemi du soldat, ce n'est pas le canon qui gronde, ce n'est pas la mitraille qui siffle, le pire ennemi du soldat, c'est Bacchus.

Eh bien figure-toi, Annie, que grâce au livre, donc

grâce à toi, j'ai eu quelques informations sur notre grand-père Paul. Elles viennent de Chantal, qui a repris contact avec moi après sa lecture. Et voilà qu'à nouveau il faut que j'ouvre une parenthèse, mais nous avons l'éternité devant nous, n'est-ce pas ?

Chantal, donc. J'aurais dû évoquer davantage dans mon livre la branche maternelle de notre famille. Serge Bories, le frère unique de notre mère, a épousé la cousine germaine de notre père, Andrée, qui portait le nom de Laclavetine. Deux couples Laclavetine-Bories, donc : on croirait la chanson d'Yvette Guilbert, « Partie carrée ». C'est au mariage de Serge et Andrée que nos parents, Jean et Janine, se sont rencontrés, et les invités se souviennent du coup de foudre auquel on a assisté ce jour-là : ils ne se sont pas quittés de la soirée, ni le lendemain. Notre père était dans un état second, totalement perdu. Il semblerait qu'avant cet éclair salutaire, il envisageait d'entrer dans les ordres. Je me félicite de la bienveillance du sort : nous ne serions pas là aujourd'hui, ma sœur, à bavarder comme nous le faisons. Serge et Andrée ont eu trois enfants : Jacques, François, Chantal, nos cousins. Dès la publication du livre ils m'ont donné leur sentiment.

Chantal m'a raconté qu'après l'avoir lu, elle a eu une discussion avec ses frères pour tenter de se remémorer l'instant où ils ont appris ta mort. Tous trois en avaient un souvenir très fort. Tu peux te vanter d'avoir ébranlé pour longtemps la vie de la famille, ma vieille. Cependant leurs versions différaient. Qui avait reçu l'appel téléphonique ? Serge ? Andrée ? Qui avait décroché ? Qui était à la maison ? Leurs affirmations respectives s'appuyaient sur du sable mouvant. Version catégorique de François : ce soir-là, la famille regardait à la télévision une pièce de René de Obaldia, *Du vent dans les branches de sassafras*, avec Michel Simon. Le téléphone a sonné vers vingt et une heures. François s'est levé, a pris l'appel. Un silence de plomb a suivi la nouvelle. Depuis, il déteste entendre le téléphone sonner le soir, et il évite de répondre. Chantal se souvient pour sa part que c'est leur père Serge qui est venu annoncer le drame à ses trois enfants. Jacques penche pour une autre version encore : il est certain que c'est lui-même qui a pris l'appel, et qu'il était dix-huit heures (mais était-il chez eux à Orthez ce soir-là ? se demande sa sœur, dubitative). Les archives de *Télé 7 Jours* peuvent mettre tout le monde d'accord. C'est bien François qui a les souvenirs les plus précis. La mémoire n'est pas fiable, d'accord, mais *Télé 7 Jours* l'est absolument, on le sait. Dans *Une amie de la famille*, je racontais que notre frère Dominique s'était plaint d'avoir été consigné chez Marraine tandis que nous partions avec les parents pour cette funeste promenade au phare de Biarritz. Il en garde un souvenir amer : il était resté à s'ennuyer devant la télévision où passait une émission sur Napoléon. Quelle précision !

Or un lecteur pointilleux, nommé Serge Roux, s'est piqué au jeu : il est allé vérifier, et m'a envoyé une copie des programmes télévisés de cette journée. Pas l'ombre d'un Napoléon ce jour-là, pas de pontonniers de la Volga ni de retraite de Russie, et pourtant Dominique revoit encore avec conviction la neige sur l'écran. Mémoire, mémoire… En revanche le service public a bien diffusé le soir même la pièce d'Obaldia (c'était le bon temps) juste après *Les Shadoks*, le programme est même illustré d'une photo en noir et blanc. Ainsi je peux aujourd'hui départager mes cousins : François, tu as gagné, le vent soufflait bien ce soir-là à travers les branches des sassafras, j'en tiens la preuve à ta disposition.

Tu les as bien connus, ces trois-là. Surtout Jacques, à vrai dire, qui avait à peu près ton âge. Il me l'a raconté après sa lecture, très ému, et m'a appris deux choses. D'une part, la provenance de la photo trouvée dans un album, que j'avais souhaité faire figurer sur le bandeau, où l'on te voit, si jolie, sur une plage en compagnie de Marraine. Je connais désormais l'identité du photographe : Jacques lui-même. Il l'a prise sur la plage de Vinaròs (à l'époque l'orthographe castillane n'avait pas été détrônée par la catalane, et l'on écrivait Vinaroz), entre Valence et Barcelone, lors d'une virée que vous aviez faite tous les trois un été. Jacques m'a d'ailleurs fourni d'autres clichés de ce séjour, dont celui que j'ai placé en tête du présent livre. L'autre révélation qu'il m'a faite, c'est que vous étiez amoureux l'un de l'autre. Il me semble l'avoir soupçonné à l'époque, notamment lors d'autres vacances, à Calella de Palafrugell, où nous étions tous ensemble. Une photo nous montre tous les trois sur le sable brûlant de Calella : nous sommes en maillot de bain, tu es appuyée contre les jambes de Jacques, heureuse, épanouie, tu es en beauté, je dois avoir dix ou onze ans, je vous regarde. La vie vous a rapidement séparés, comme on dit, tant il est vrai qu'il n'y a pas que la mort qui sépare : c'est même souvent le contraire. Il restait dans la voix de Jacques, quand il m'en a parlé, le tremblement reconnaissable que laissent à jamais les amours envolées, ces moments de grâce passagère dont on sait qu'ils ne reviendront pas.

Mais j'avais commencé à te parler de Chantal, le petit elfe charmant de notre enfance. Elle m'a donc écrit, elle aussi, après avoir lu le livre. Et son message se terminait par ces mots : « Annie était ma marraine. » J'en suis resté abasourdi. Comment se fait-il que je l'aie ignoré ? Bernard et Dominique, consultés, ne s'en souvenaient pas davantage. Une preuve de plus que notre famille n'est guère étincelante, en matière de partage de l'information. Chantal, qui a grandi à Orthez et vit désormais à Mauléon (capitale de l'espadrille basque, ne l'oublions pas ; nous avons bien profité de ce savoir-faire, dans nos jeunesses), m'a raconté ses dialogues avec Maman, qu'elle voyait à Bayonne ou dans les Landes pendant les vacances, et à qui elle avait pris l'habitude de téléphoner de temps à autre. Pas question de parler de toi, bien entendu, mais un jour, alors que Chantal étourdiment lui faisait part d'une noyade qui venait d'arriver non loin de là, Maman l'interrompit sèchement : « Chantal, enfin, comment peux-tu me raconter ça, à moi qui ai perdu *ma fille*, noyée ? » Et tu es sortie de la conversation à peine venais-tu d'y entrer.

Je ferme la parenthèse et reviens à notre grand-père Paul. J'ai posé quelques questions à Chantal à son sujet, et elle m'a envoyé ces lignes : « Grand-père Paul… Si mystérieux Paul. De toute sa vie, papa n'a jamais prononcé un mot sur son père (ou si peu). Quant à Marraine, pas une parole non plus. Un grand-père fantôme. »

Heureusement, Andrée n'était pas avare de mots. Elle racontait à sa fille tout ce qu'elle savait sur son beau-père, le marin disparu, elle racontait l'enfance de Serge telle qu'elle avait pu la deviner, afin que Chantal pût comprendre ce père si souvent mutique et bougon, qu'elle pût l'aimer tel qu'il était en sachant d'où lui venait ce caractère singulier : du vide creusé par l'absence de Paul, de la honte causée par son destin d'ivrogne, de la rage amère de Marraine contre les hommes auxquels elle ne trouvait que des défauts et aucune circonstance atténuante. Et ce portrait que faisait Andrée de son mari révélait aussi l'amour qu'elle lui vouait, et qu'elle a légué à sa fille comme un trésor. « Cela, je l'ai gardé au fond de mon cœur. J'ai compris et accepté beaucoup de choses grâce à elle. J'ai appris à lire les signes et les actes d'amour de mon père au travers des brumes de ses silences (...). »

Un jour vient que rien n'est plus qu'un récit.

Andrée ainsi que Janine décrivaient Paul comme un homme bon mais faible. Il semblerait que Bacchus n'ait pas pointé son nez rubicond dès le début de son mariage avec Marraine. Bacchus n'aime pas trop les couples heureux, il arrive dans le sillage des ennuis, attiré dès qu'un parfum de débine commence à monter. Dans les premiers temps, notre grand-père entama une carrière dans l'import-export, il était franc maçon, avait des relations et semblait promis à un bel avenir. Mais les affaires ne marchèrent pas si bien, et l'alcool mondain aidant, la situation se dégrada. Paul se retrouva chef de cabine dans une compagnie de paquebots, puis il dégringola les échelons professionnels pour se trouver simple serveur. La copine de Bacchus, Mademoiselle Cirrhose, jouait sur du velours.

Chantal m'a expliqué qu'à la mort de son mari, Marraine s'est débarrassée de toutes les traces d'appartenance à une loge, car bien entendu elle exécrait la franc-maçonnerie – en plein accord en cela avec son probable antisémitisme (là, j'accuse sans preuves) et son anticommunisme viscéral (avéré, celui-là) qui a nourri plus tard tant de joyeuses disputes entre elle et moi – bien que, communiste, je ne le fusse pas plus qu'elle, mais pour des raisons différentes. Elle s'est retrouvée dans son appartement du quai des Chartrons, avec ses deux enfants à charge, obligée de subvenir à ses besoins en louant sa force de travail à un patron, comble de la déchéance pour elle qui avait rêvé d'une vie bourgeoise délestée des pesanteurs du salariat et qui, lorsque Maman a été enceinte tardivement de Dominique, ne cessait de lui prédire : « Tu en feras un ouvrier ! » comme s'il s'agissait de la pire damnation. Serge, qui souhaitait faire médecine, a dû s'orienter vers Santé Navale, études prises en charge et carrière militaire assurée, ce qui lui offrait par ailleurs la perspective de passer sa vie sur des bateaux comme ce père si souvent absent dont il avait sans doute beaucoup rêvé.

4

« Mais tu dois sortir de là comme un chien du fond d'un puits ! » m'écrit un ami, Bernard, ma vieille branche, en refermant le livre. Mais non, justement. Ce livre s'est écrit dans l'évidence de sa nécessité, au fur et à mesure de l'enquête que je menais, et chaque jour déposait naturellement sa ration d'informations, le puzzle se mettait en place pièce après pièce, chaque personne que je rencontrais m'apportait des éléments qui s'imbriquaient sans forcer les uns dans les autres. Il s'est écrit dans une joie tranquille : le moment était venu. Je l'avais attendu sans le savoir pendant un demi-siècle. Il arrivait sans douleur ni vacarme, au gré des rencontres, des coïncidences. Les témoignages de mes frères, de la génération suivante, de Lydie ou finalement de Gilles, puis la correspondance entre mes parents, cette vie d'amour qui tenait dans une boîte en carton : tout s'imbriquait sans heurts.

L'écriture offre des retrouvailles, me dit Maylis, et cette idée l'enchante. Sa mère est née presque la même année que toi, et elle a fréquenté la même école à Bordeaux, il n'est pas impossible que vous ayez joué ensemble dans la cour du Mirail.

Des retrouvailles, oui, et des trouvailles. Victoire de la littérature. Tu t'es remise à danser, comme sur cette photo que j'ai placée dans le livre, où tu apparais joyeuse dans un mouvement de twist ou de rock au son du Teppaz familial sur lequel tourne un disque (45 tours, me fait remarquer un lecteur, et non 78 comme indiqué dans le texte), sous le tableau que j'ai toujours connu chez nous, qui représente une vague effrayante, prémonition de l'autre, la grande, la vraie, la définitive – et tu danses !

Ainsi, comme toi, Porthos est vivant, il continue de rire et de se battre, plus rien ne peut l'atteindre, plus rien ne peut l'empêcher d'être là, plus rien ne peut faire taire le galop effréné de son cheval qui résonne comme un tambour dans ma poitrine – et je ne suis pas le seul, voici la magie suprême : nous sommes innombrables à l'entendre, comme nous sommes nombreux à partager les tourments d'Emma Bovary, la journée de Leopold Bloom, la virée foldingue des autonautes de la cosmoroute, les rêveries de Clarissa Dalloway, l'invention de Lola Valérie Stein par son amant, les voyages d'Ulysse, de Lord Jim ou de Sancho Pança, une communauté qui ne connaît de frontières ni dans l'espace ni dans le temps. Et toi aussi, Annie, tu vis de l'étrange vie des morts, qui s'occupent à relier entre eux les vivants, ceux qui l'ont été, ceux qui le seront.

« Le livre, écrit Jorge Luis Borges, n'est pas une entité isolée : il est une relation, il est l'axe d'innombrables relations. » Nous n'écrivons pas pour rien. J'ai envie de le dire à tous ceux que je rencontre chaque semaine, qui peinent à mettre en forme leurs romans, qui peinent à trouver leur public, qui peinent à trouver le sens de cette activité apparemment absurde qui les confine plusieurs heures par jour face à une feuille ou à un écran où quelques mots perlent dans la douleur.

Le récit a renvoyé beaucoup de lecteurs à leur propre expérience de la perte, et du silence qui s'ensuit parfois. Bertrand a lui-même perdu deux sœurs, Danièle et Chantal. « Pour la première fois, m'écrit-il, je me sens bêtement incapable d'émettre une opinion, un commentaire sur un de tes livres. J'arrive à la fin ; je l'ai lu le plus lentement possible, en m'arrêtant d'innombrables fois entre les paragraphes, égaré dans mes pensées, ému, malheureux. Tout se mélange, tout tourbillonne, ta sœur, les miennes, Annie, Danièle, Chantal, leurs jeunesses fracassées, la nôtre qui s'est estompée sans douleur, s'éloignant d'elles. Tout me parle et me coupe le souffle, dans ces pages, dans ce cortège de figures qui, pour la plupart, me sont familières ou qui l'ont été, sauf bien sûr les plus anciennes. Et sauf Annie. Le temps est un magicien si puissant qu'il finit par mélanger les sangs. C'est comme si tu me racontais un peu ma propre histoire, ma généalogie. Je reste là, assis sur la rive de ce livre, vaguement hébété. »

Mélanger les sangs, c'est bien ce dont il s'agit. Bertrand achève son message en me proposant un rendez-vous. Il a envie de me raconter, ou de me remettre en mémoire, un épisode de ma jeunesse que j'ai peut-être oublié et dont il pense qu'il entretient un rapport avec ta disparition, sans bien savoir lequel.

L'épisode en question est assez étrange. Bertrand me le rappelle – ou me le raconte, plutôt, puisque bien entendu ma mémoire l'a complètement occulté – quand nous nous voyons dans un restaurant italien à Paris.

Les corps sont bavards, mais ils ne parlent pas bien notre langue. J'ai raconté, dans *Une amie de la famille*, une anecdote située peu avant la disparition de notre mère : une nuit, vers trois heures, alors qu'elle était proche de la fin, nous avons dû l'accompagner à l'hôpital en urgence, Papa et moi, car elle éprouvait une douleur atroce du côté des reins. Son cancer était en train de gagner la partie. La nuit suivante, alors que j'étais resté dormir chez notre père pour ne pas le laisser seul chez lui, à trois heures j'ai été réveillé par une douleur située dans la même région, exactement. La situation m'a d'abord paru comique (je suis légèrement suspicieux vis-à-vis de la psychanalyse, mais je n'ai pas pu m'empêcher de lire Freud, jadis), jusqu'à ce que la douleur s'aggrave et devienne insupportable. C'est ainsi qu'une crise de colique néphrétique m'a projeté dans le même hôpital, à la même heure de la nuit, emmené par la même équipe de jeunes pompiers, devant le même médecin, sidéré, qui avait accueilli ma mère vingt-quatre heures plus tôt, avec les mêmes symptômes. Il a eu la délicatesse de ne pas rigoler – lui aussi avait lu Sigmund, j'imagine.

L'histoire que me raconte Bertrand se situe dans un registre comparable. Quelque temps après ta mort, au début des années soixante-dix, mon corps s'est mis à m'envoyer des signaux que j'étais incapable d'interpréter. Sans doute un des effets du silence familial : il fallait que ça sorte, d'une façon ou d'une autre. Mon bras gauche s'est soudain ankylosé, fixé à angle droit. Je ne pouvais plus le tendre, ni le plier. Les médecins consultés restaient bouche bée, se grattaient la tête et prescrivaient des traitements inopérants : kinésithérapie, infiltrations, anti-inflammatoires, acupuncture, j'ai tout essayé hormis la magie noire. Pendant plusieurs mois je suis resté handicapé, avec un bras bloqué à quatre-vingt-dix degrés. Toute tentative d'extension ou de flexion provoquait des douleurs insupportables. En désespoir de cause, un génie de la médecine a ordonné une anesthésie générale, qui permettrait de plâtrer le bras en position allongée en forçant le blocage : « Nous verrons bien ce qui se passera », a-t-il prophétisé dans sa grande sagesse. Or, quand on m'a endormi, mon bras n'a offert aucune résistance, il s'est de lui-même allongé sans difficulté, et je me suis réveillé avec un bras plâtré, droit comme un I.

Au réveil, je n'étais pas seul, c'est Bertrand qui me l'apprend. Sa compagne de l'époque, Katia, était passée me voir à l'hôpital, dans le cadre du petit boulot qu'elle effectuait à temps partiel pour le compte d'une mutuelle : elle était chargée de rendre visite aux malades, de leur apporter un bouquet de fleurs et quelques mots de réconfort. J'aimais beaucoup Katia, sa douceur rêveuse. Quand je me suis réveillé, elle était là, et m'a répété ce que lui avait dit le médecin ou l'infirmière : mon bras s'était détendu sans difficulté, il n'y avait aucune lésion, il ne s'agissait que d'une invention de mon cerveau mal tourné, visant à faire perdre temps et patience au corps médical. J'ai alors eu une réaction qui l'a, selon le récit qu'elle en fit par la suite à Bertrand, beaucoup impressionnée : j'ai éclaté en sanglots sans pouvoir me contrôler. Comme si cette douleur aiguë et lancinante qui m'avait accompagné pendant plusieurs mois en me réveillant chaque nuit, et qui venait de m'être enlevée, était tout ce qui pouvait encore me relier à toi – le prix à payer, sans doute, pour t'avoir survécu.

C'est le roman de nos vies, proliférant, indéchiffrable. Je repense au poème d'Aragon cité plus haut. *Au poignet des gens ont gelé leurs montres...* Tu te souviens que notre père aimait déclamer les poèmes qu'il connaissait par cœur ? Celui d'Aragon n'en faisait sans doute pas partie. Son goût le portait davantage vers les œuvres du dix-neuvième siècle apprises à l'école : Lamartine, Vigny, Hugo. Vois ce que m'écrit notre cousine Claire : « La boîte à souvenirs étant ouverte, je me suis rappelé également que ton père, lorsqu'il était en poste dans des petites gares perdues du Sud-Ouest, déclamait des poèmes au micro. Ils riaient tous énormément lorsqu'il racontait cela en famille. »

Un jour vient que rien n'est plus qu'un récit... Écoute, Annie, la voix de notre père se déversant des haut-parleurs sur le quai désert de la gare de Montpon-Ménestérol, déclamant « La mort du loup », dans la pénible solitude d'une de ces nuits d'hiver qui le tenaient éloigné de Bordeaux et de sa famille. Il est seul dans la gare, il sait que la nuit sera longue. Son repos sur le lit de camp installé dans le bureau du chef de gare sera interrompu par le passage du convoi de fret de 3 h 37 à destination de Mussidan et Château-l'Évêque, puis par celui de 5 h 07 vers Saint-Médard-de-Guizières et Coutras, en attendant le premier train de voyageurs à 6 h 32, une micheline X 3800 dite Picasso, qui emportera quelques passagers somnolents vers Périgueux en crachotant des nuages de suie au nez des vaches hébétées. Il prend le micro comme pour s'adresser au monde, tout en contemplant son reflet pâle sur la vitre. « Il disait : Si tu peux, fais que ton âme arrive, / À force de rester studieuse et pensive, / Jusqu'à ce haut degré de stoïque fierté / Où, naissant dans les bois, j'ai tout d'abord monté. / Gémir, pleurer, prier est également lâche. / Fais énergiquement ta longue et lourde tâche / Dans la voie où le Sort a voulu t'appeler, / Puis après, comme moi, souffre et meurs sans parler »… Ou peut-être, décidément mélancolique, préfère-t-il ces vers de Baudelaire que Daniel me récite de temps à autre : « Moi, mon âme est fêlée, et lorsqu'en ses ennuis / Elle veut de ses chants peupler l'air froid des nuits, / Il arrive souvent que sa voix affaiblie / Semble le râle épais d'un blessé qu'on oublie / Au bord d'un lac de sang, sous un grand tas de morts, / Et qui meurt, sans bouger, dans d'immenses efforts »…

Bientôt en effet tout n'est plus qu'un récit. Nos vies n'ont pas le temps d'être vécues que déjà elles sont racontées, passées dans le broyeur infatigable de la mémoire, les voilà recomposées, repeintes, bricolées, arrangées, décorées. Y chercher une vérité, un sens, est un travail sans espoir et sans fin. Nous fabriquons à jets continus nos propres légendes.

Légende aussi, peut-être, cette soirée de beuverie que tu racontes à Gilles dans une lettre que je cite dans mon livre. Tu cherches sans doute à l'impressionner, ou à l'alerter par le tableau de tes dérèglements. C'est l'époque où tu sens vaincre en toi l'amour contre lequel tu as longtemps lutté, et tentes dans un dernier sursaut de prévenir celui qui t'aime : ce ne sera pas facile. Ce soir-là tu as profité de l'absence de Marraine, chez qui tu vis à l'époque, à Bordeaux, pour inviter une camarade (« une fille » dont tu ne cites pas le nom) à un dîner qui va dégénérer en saoulerie forcenée : « Nous avons commencé par les apéritifs : un litre et demi de Martini à deux, et moi en plus j'ai pris un Ricard sec et un whisky. Puis nous avons entamé les vraies hostilités. Souper au champagne et au caviar. Un litre de champagne, et toutes les liqueurs possibles. Mais j'ai eu beau faire, je n'ai pas réussi à partir. Je me suis seulement rendue malade. Résultat, ce soir je suis complètement démoralisée. (...) Je ne vois pas pourquoi je te raconte tout ça. Sans doute pour tenter (mais je commence à en désespérer) de me rabaisser à tes yeux. Remarque j'aime mieux ne pas connaître ton opinion. Tu finirais toujours par trouver une explication qui serait toute à mon honneur. »

Je dois te dire que ce passage a forcé mon admiration. Avec une telle descente, tu resteras à jamais la fierté de la famille, et si tu croises Paul tu pourras en faire le décompte, ça lui en bouchera un coin. Peu de temps après la publication, j'ai reçu une lettre d'une certaine Beatrix. Après avoir lu un article dans la presse, elle a acheté le livre. Cinquante ans ont passé depuis sa dernière rencontre avec toi. Car c'est elle, la « fille » en question. Pendant tout ce temps elle est restée persuadée que ta noyade était un suicide (elle ne te nomme pas Annie mais Anne-Marie, d'ailleurs c'est le cas de tout le monde en dehors de la famille – y compris Gilles). Beatrix est peinée de n'être désignée que par ce mot : *une fille*. Le hasard de l'ordre alphabétique vous avait réunies dans le même groupe de travaux pratiques à l'Institut d'études hispaniques. Tu avais jeté ton dévolu sur elle, et elle ne t'a pas connu d'autres camarades à la fac. « Qu'a-t-elle cherché auprès de moi ? se demande Beatrix. Une oreille attentive ? Une réponse à ses questions ? Une issue de secours ? Un comblement à sa solitude ? » Elle était inquiète pour toi, elle te voyait désemparée, torturée, anorexique... Et pourtant vous aviez ensemble de grands fous rires. À l'époque, je ne me posais pas de questions sur la vie que tu menais à l'université. Avais-tu des amis, des amoureux ? J'étais moi-même trop préoccupé, j'imagine, par les graves problèmes liés au charivari d'hormones que provoque l'adolescence. Quand tu revenais parmi nous, tu parlais peu de ta vie, et tu ne nous as présenté Gilles que tardivement.

Beatrix se souvient que le 1er novembre 1968 elle était encore en révision pour un oral que tu avais déjà passé. Elle ne lisait pas *Sud-Ouest*, et ses camarades lui ont caché la nouvelle de ta mort pour ne pas la perturber. Ce n'est qu'après l'oral, comme elle se plaint auprès d'eux que tu ne sois pas venue la soutenir, qu'elle apprend la nouvelle. « Anne-Marie n'a jamais su qu'elle était reçue », conclut-elle. Beatrix vit aujourd'hui au Pays basque. Elle ne t'a jamais oubliée – pas plus que Lydie ni les autres : tu faisais forte impression, décidément. Elle espère pouvoir me rencontrer un jour, me dire quel rôle elle pense avoir joué auprès de toi durant ces deux années universitaires. Elle semble certaine – c'est ainsi que se conclut sa lettre – que « les mots peuvent offrir une nouvelle vie aux disparus ».

Je la rencontrerai à Bayonne, quelque temps plus tard. Elle me parlera de toi, de ton caractère à la fois bravache et paumé, de vos promenades sur le campus où tu t'obstinais à arborer un chapeau de paille en hiver (celui-là même, me dira-t-elle, que tu portes sur la photo qui figure sur le bandeau du livre, prise par Jacques à Vinaroz). Je comprendrai aussi qu'elle a des raisons pressantes de se poser ces questions sur une vie possible des morts auprès de nous : elle vient de perdre l'homme qu'elle aimait. Elle me parlera de ton caractère imprévisible, parfois fantasque, drôle et noir. Tu ne parlais pas de ta famille, tu pouvais être excessive en tout, dans tes jugements comme dans tes comportements. Beatrix se rappelle la soirée chez Marraine, dans l'appartement qui a succédé à celui du quai des Chartrons, même si elle met en doute la quantité faramineuse d'alcool que vous auriez ingurgitée selon ta lettre. Elle revoit le minuscule balcon où tu l'as entraînée et où elle a eu le vertige – j'aimais beaucoup, comme toi, cette minuscule nacelle suspendue à flanc de paroi, au dix-huitième étage de la cité du Grand Parc, où l'on pouvait à peine tenir à deux. Elle n'a jamais cessé de penser à toi, ni d'en parler. Elle continue de se demander ce que tu serais devenue. Sans doute pas professeure d'espagnol : « Elle aurait été *plus que ça.* »

Cependant tous tes congénères ne te voyaient pas comme une fille vacillante marchant au bord du gouffre.

Une autre lettre, venue de Velaux, près de l'étang de Berre et signée Marie-France, me raconte comment elle t'a rencontrée à l'Institut d'études hispaniques à Talence. Vous n'étiez pas vraiment amies, simplement deux camarades de cours qui se croisaient régulièrement à la « Estudiantina », la cafétéria où le petit groupe de licence d'espagnol partageait café et cigarettes. La nouvelle de ta mort fut pour Marie-France « un immense bouleversement » : vous étiez la vie même, projetées ensemble vers l'avenir dans un mouvement insouciant et léger. Pourquoi ? Pourquoi toi, pourquoi maintenant ? Avec brutalité, le destin a montré son visage, édicté ses décrets implacables et incompréhensibles. Ainsi tu es devenue dans sa vie « un personnage-clé », incarnant la fragilité de l'existence et son absurdité même, et tu l'as accompagnée au fil des années.

Marie-France relève une coïncidence : enfant elle a habité tout près de la rue des Étables à Bordeaux, et il est probable que nous nous soyons balancés ensemble sur l'immense poutre-balançoire qui était l'attraction du jardin des Abattoirs, laquelle pouvait accueillir au moins une dizaine d'enfants à la fois – peut-être sommes-nous tous les deux sur la photo de l'album de famille où l'on nous voit, toi, Bernard et moi, chevauchant cette balançoire en compagnie d'une flopée d'enfants non identifiables. Quand elle a fait son discours de départ à la retraite, elle a terminé par ces vers de Machado, choisis en pensant à toi, me dit-elle : « Todo pasa y todo queda, / pero lo nuestro es pasar, / pasar haciendo caminos, / caminos sobre el mar » (Tout passe, tout reste, / mais il nous revient de passer, / passer en traçant des chemins, / des chemins sur la mer).

Tous ces fils qui se rejoignent, Annie, forment la trame d'une tapisserie où je te vois apparaître, presque une inconnue, et pourtant plus proche que jamais.

5

Quelles lectures, en dehors des auteurs hispaniques ? Quels livres t'ont habitée ? Encore une question qui restera sans réponse. Je me suis demandé récemment si tu avais lu des textes de Marguerite Duras, et lesquels. Le prix littéraire portant son nom m'ayant été décerné pour *Une amie de la famille*, je suis allé le recevoir à Trouville, où il a fallu que je prononce un discours de remerciement au jury. L'exercice n'était pas simple : tu me surveillais, je n'allais pas m'en tirer par une facétie ; et la salle était remplie de durassiens autorisés, là encore impossible de finasser, Marguerite n'aimait pas les pirouettes mondaines. Il me fallait trouver un lien entre toi et ses livres, entre l'expérience d'écriture singulière que je venais de vivre et les œuvres de Duras qui m'ont marqué. Je n'arrivais pas à établir de rapprochement convaincant entre ta vie et celle de ses personnages. J'ai alors pensé à *Écrire*, qui est un de ses derniers livres et que tu n'as donc pas pu connaître. En le relisant, un passage m'a semblé lumineux. Il s'agit du chapitre intitulé « La mort du jeune aviateur anglais ». À Vauville, tout près de Trouville où Duras allait souvent, on se souvient de l'histoire du jeune aviateur W. J. Cliffe, mort comme toi à vingt ans, l'ultime jour de la guerre. Le livre lui est dédié. « Quand je dis vingt ans, c'est terrible. Le plus terrible c'est ça, c'est l'âge. C'est une banalité cette douleur que j'éprouve à son endroit (...) l'enfant de vingt ans qui avait joué à faire la guerre dans son Meteor au-dessus de la forêt normande, belle comme la mer. » Elle l'appelle « l'enfant tombé du ciel ». Il avait vingt ans, envie de rire et de jouer à la guerre, comme tous les enfants, et il a eu l'idée d'attaquer une batterie allemande à quelques heures de la fin des combats, pour rien, pour le panache ou pour le jeu, un jeu où il y avait tout à perdre. Les Allemands ont répliqué, ils l'ont abattu, et son Meteor a piqué sur la forêt de Vauville. C'était la nuit. L'avion est resté crucifié à la cime des grands arbres normands. Les villageois ont mis beaucoup de temps à monter aux branches pour délivrer le corps du jeune aviateur, à le désincarcérer de la carcasse suspendue là-haut, puis ils ont improvisé une cérémonie funèbre, silencieuse. Les femmes ont lavé son corps en pleurant, une tombe a été choisie pour lui sans autorisation, et cette tombe est toujours fleurie depuis, alors qu'il était orphelin. Voilà ce dont j'ai parlé à Trouville le jour de la remise du prix Duras – et j'ai conclu par les vers de Machado que m'avait soufflés Marie-France. Le jeune aviateur anglais me fait penser à toi. Comme lui tu as brûlé ta vie, tu t'es abattue à vingt ans et il m'a fallu très longtemps pour te désincarcérer de ton cercueil de silence. La littérature est cette fête silencieuse où les vivants se rassemblent autour du corps d'un enfant mort, et chantent en pleurant la beauté de la vie à venir.

Passer en traçant des chemins sur la mer. Toutes ces paroles qui affluent, comme si un simple livre avait ouvert la vanne. Un jour une jeune femme, Joffrine, vient me voir chez Gallimard pour me parler de toi après avoir lu *Une amie de la famille*. Elle semble habitée par ta présence, comme si elle t'avait connue mieux que moi. Ses phrases sont d'une intensité troublante. Elle me dit qu'en cherchant ma sœur, j'ai trouvé une femme. Elle me dit que tu ressemblais à la vague qui t'a emportée, que la vague était là bien avant, en toi, et qu'en surgissant elle a mis un ordre définitif dans le chaos de ta vie. Elle me parle aussi, et surtout, de ton anorexie, de ce que tu avais à cacher. Toutes les anorexiques sont manipulatrices, m'explique-t-elle. Comme la vague qui bouscule, soulève, détruit, dévore, avale, expulse, tu nous as avalés : moi, nos frères, nos parents, et nos propres enfants qui longtemps après ta mort ont été hantés par toi. Fille, tu as trouvé ta place dans un univers de garçons en devenant malade, anorexique, rabat-joie, obsédante. Comme la vague, me dit-elle, tu étais mouvante, chaude et froide, douce et dure, montante, descendante, et tu savais en jouer. Elle est persuadée que grâce à ce livre tu seras toujours une pensée flottante dans les générations à venir, comme l'écume survit à la vague.

Christian, qui évoque la petite robe de fête que tu portes sur une photo, affirme dans une lettre qu'il n'y a pas d'autre raison d'écrire que d'aller chercher dans les ténèbres ceux que nous aimons, et les ramener au jour du papier, lentement. Mais ce sont eux, peut-être, qui nous conduisent, qui nous rassurent dans la nuit. « Ton rêve était beau. Tu as bien fait de lui obéir », poursuit-il.

Ce rêve, c'est celui dont je parle dans le livre, celui qui m'a conduit à écrire. Il revenait régulièrement, j'y voyais une femme en robe blanche, de l'autre côté d'une place où j'étais attablé à boire une bière, et qui me faisait porter un bouquet de fleurs blanches par un gamin ; une femme dont j'ai mis un certain temps à reconnaître l'identité. J'ai d'abord cru qu'il s'agissait de notre mère, morte quelques années plus tôt. Je ne comprenais pas pourquoi elle surgissait ainsi au bord de ma conscience. Son apparition avait-elle un rapport avec le décès récent de Papa ? Que voulait-elle me dire ? Voulait-elle que je parle d'elle ? Cela ne lui ressemblait pas. Et puis j'ai reconnu la robe, que notre mère n'a jamais portée. C'était la robe blanche sans manches que tu avais choisie pour aller au mariage de ton amie Lydie. J'ai enfin compris que c'est toi qui me faisais signe. Tu voulais que l'on vienne te chercher. Il était temps de te désincarcérer.

Prodigieux pouvoir des livres. Les lettres de lecteurs laissent entrevoir des vies entières, souvent fouettées par un destin violent. Certaines proviennent de personnes qui t'ont connue. Une vie que j'ignorais – sociale, amicale, sentimentale – se révèle au fil des témoignages, et les questions se multiplient et prolifèrent.

Celle-ci, par exemple, de Patrick – souviens-toi –, qui commence en m'appelant par mon prénom alors que nous ne nous sommes jamais rencontrés. Il s'en justifie ainsi : « J'éprouve le besoin de faire des confidences au frère d'Anne-Marie, qui fut la plus chère de mes camarades de faculté entre 1967 et 1968. »

Cela te dit quelque chose ?

Patrick me raconte qu'après une année de propédeutique à la faculté de lettres de Bordeaux, il est entré à l'Institut d'études hispaniques de Bordeaux. C'est au cours de l'année universitaire 66-67 qu'il fait ta connaissance. La première fois qu'il te voit, tu es assise un rang devant lui, et quand tu te penches vers ta voisine pour lui parler – peut-être Beatrix – il est foudroyé par « la beauté douce et fragile » qui émane de ton visage. Il se débrouille pour faire ta connaissance. Dès lors vous discutez beaucoup entre les cours, rejoignez souvent ensemble le centre-ville dans la Simca 1000 d'un joyeux drille prénommé Hélios, dont tu ne nous as jamais parlé, je me souviendrais d'un prénom pareil. Vous riez de bon cœur, Patrick se sent merveilleusement bien en ta compagnie, il a l'impression d'être en osmose avec toi, il vous découvre des goûts proches, bref il est littéralement subjugué, un vrai merlan frit.

Voilà comment Patrick, à vingt ans, devient amoureux de la jeune fille apparue soudain comme un ange dans un amphithéâtre bordelais. Il n'ose pourtant ni se déclarer ni espérer que son sentiment soit partagé.

En effet, tu ne vois rien ou feins de ne rien voir de son émoi qui, en revanche, n'échappe pas à d'autres étudiantes du groupe : un jour que vous attendez d'entrer en cours, l'une d'elles surprend son regard ébloui quand il te voit apparaître, et Patrick comprend à son sourire gentiment moqueur qu'elle l'a percé à jour.

Étrange différence d'appréciation entre Beatrix et

Patrick. L'une te décrit comme une jeune femme tourmentée, voire suicidaire – et c'est ce qui ressort par moments du portrait que je fais de toi dans mon livre : tu es une fille de l'orage. Lui affirme au contraire que tu donnais l'impression d'être « confiante en l'avenir, souriante à la vie et aux autres, sachant cultiver l'amitié, capable d'être passionnée tout en restant lucide ». En voyant dans le livre la photo où tu danses à côté de l'électrophone, ou encore les clichés de Photomaton où tu ris aux éclats avec Lydie, il dit t'avoir retrouvée telle qu'il te connaissait. Peut-être l'amoureux transi ne voyait-il que ce qu'il avait envie de voir ? Tu lui as présenté Lydie, qui était déjà comédienne, et il est allé la voir jouer un jour au théâtre Molière. Tu l'as aussi emmené chez Marraine, dans l'appartement du Grand Parc qui dominait Bordeaux : il se souvient du balcon suspendu au dix-huitième étage et des instants passés avec toi à contempler la grande ville qui s'étendait à vos pieds. Il se demandait bien quelle avait été ta vie sentimentale jusque-là, mais n'osait pas te poser de questions. Il a conservé l'agenda où il notait ses rendez-vous avec toi, et les repas que vous partagiez au restaurant universitaire – nulle trace d'anorexie dans ses souvenirs. Les rencontres se succèdent jusqu'au 13 juin 67, fin de l'année universitaire où tu rentres dans ta famille, le laissant esseulé et triste. Durant l'été, il note les jours où il t'écrit, et ceux où il reçoit une lettre de toi (« RLAM » : reçu lettre Anne-Marie). Puis la rentrée, les retrouvailles : « Reçu visite AM », « Je vais à Talence avec AM »…

Qu'est-il arrivé ensuite ? Ses souvenirs sont confus. Il s'est pourtant passé une autre année avant l'accident de la Chambre d'Amour. Patrick suppose qu'il a fini par se rendre à l'évidence : son amour n'était pas partagé, et il s'est résigné à prendre ses distances. Votre relation s'est distendue à mesure que celle entre Gilles et toi, qu'il a découverte à la lecture de mon livre, se clarifiait. La vie l'a entraîné ailleurs, sans que jamais ne s'efface l'image de l'étudiante apparue un jour d'automne dans un amphi de l'Institut d'études hispaniques. « On n'oublie rien de rien, écrit-il en citant Brel. On s'habitue, c'est tout. »

Il tente de s'habituer, donc. Jusqu'à la lecture de la Une de *Sud-Ouest* à la Toussaint 1968 : « La légende de la Chambre d'Amour devient réalité à Anglet – Deux fiancés emportés par la mer : la jeune fille succombe d'épuisement. » Bouleversé, ne sachant que faire de lui-même, il tourne en rond et finit par descendre à la cave, en remonte une bouteille de vin, la boit jusqu'à la dernière goutte, puis erre sans but et sans fin dans la ville, en s'efforçant de profiter de la confusion engendrée par l'ivresse pour ne penser à rien.

La lettre de Patrick se termine sur une citation de Simone de Beauvoir à propos de la puissance de la littérature. Elle résume exactement ce qui me pousse à écrire ces pages : « Il y a des jours si beaux qu'on a envie de briller comme le soleil, c'est-à-dire d'éclabousser la terre avec des mots ; il y a des heures si noires qu'il ne reste plus d'autre espoir que ce cri qu'on voudrait pousser... Sans doute les mots universels, éternels, présence de tous à chacun, sont-ils le seul transcendant que je reconnaisse et qui m'émeuve. Ils vibrent dans ma bouche et par eux je communie avec l'humanité. Ils arrachent à l'instant et à sa contingence les larmes, la nuit, la mort même, et les transfigurent. »

Arracher les larmes, la nuit, la mort à la contingence de l'instant, les transfigurer, communier avec l'humanité. Oui. Exactement. Tel est le but de tous ceux qui, dans la solitude nue, confient à la littérature cette mission d'agent de liaison. Écrivains ou lecteurs, nous sommes habités par la simple certitude que les mots – « les mots universels » – relient les vivants entre eux, et les vivants aux morts. Je pense souvent à Nolik, le chien de berger de mon ami Philippe, qui faisait inlassablement des cercles autour de nous quand nous partions nous promener en bande, afin de nous garder unis. N'est-ce pas le rôle de ceux qui écrivent ?

6

« C'est le livre que j'attendais de toi depuis plus de 40 ans. Mais là il me faut faire appel au souvenir de ton rêve… » Ces mots me sont envoyés par un ami que j'ai perdu de vue depuis plusieurs décennies. Il appartient à une période remuante et remuée de ma vie. Il s'appelle Jean, je l'ai connu par mon frère Bernard qui faisait médecine avec lui, je pense, ou dans la branche locale du Mouvement pour la liberté de l'avortement et de la contraception dans les années soixante-dix où je le côtoyais, ou encore dans une communauté urbaine que je fréquentais à l'époque. J'avais de l'affection et de l'intérêt pour lui, je le trouvais subtil, délicat. Un jour il s'est évaporé, l'histoire serait longue à raconter. Voilà qu'il resurgit du puits de l'oubli, d'une façon très inattendue. Il est tombé sur mon livre au Furet du Nord, à Lille, où il vit. « Quand tu parles de la dame blanche je l'ai immédiatement identifiée comme Annie », continue-t-il. Car Bernard, dont il était très proche, lui avait parlé de toi – preuve que notre silence n'était pas si hermétique : il y avait des fuites subreptices. Jean me dit qu'en me lisant, aussitôt lui est venue l'image d'une place où nous avions bu ensemble une bière jadis, et où il m'avait conseillé d'écrire. Je n'avais rien publié, à l'époque, et pour ainsi dire rien écrit, mais il connaissait ma passion pour la littérature et pensait sans doute que cette saine activité était susceptible de dissoudre mes pensées noires et de canaliser mes humeurs instables.

Ce que j'ignorais, c'est qu'en me parlant en ce jour lointain en buvant une bière, Jean pensait à toi, Annie, sans pouvoir me le dire puisque je n'en parlais jamais. Il m'incitait à écrire parce qu'il connaissait par Bernard l'importance de ta présence dans ma vie.

Bernard lui avait parlé de toi. Il avait enfreint la règle du silence le jour où Jean lui avait révélé sa propre histoire familiale : une sœur aînée en grande difficulté, boulimique, qui se faisait vomir et avait fini par se suicider. Dans cette famille aussi le silence s'était imposé. « Ce silence m'avait été explicitement demandé, écrit Jean. Cela a traversé aussi toute mon histoire, m'a éloigné d'une famille à qui je ne supportais pas de ne rien dire. » À ceux qui lui demandaient s'il était fils unique, Jean répondait d'une façon beaucoup plus radicale que celle inventée par Dominique, mon frère cadet, qui, à la question sur l'identité de la jeune fille apparaissant sur une photo dans l'appartement de nos parents, plutôt que de dire la vérité sur toi, avait répondu : « Une amie de la famille. » Jean, lui, n'éludait pas : « J'avais une sœur, elle s'est suicidée », voilà qui coupait court à toute discussion. Sauf avec Bernard, bien sûr, chez qui cette réponse trouva un écho particulier, incitant aux confidences.

À la fin de son message, Jean me parle des coups de griffe que je m'amuse à donner aux psychanalystes (j'en ai pourtant enlevé beaucoup de la première version de mon texte). Il est lui-même spécialisé dans la spéléologie mentale, mais n'a pas pris ombrage de mes railleries : « Ton travail est un modèle dont devraient se servir bien de mes collègues. » Merci, Jean. Mais si je n'ai jamais mis mon pactole névrotique entre les mains de la clique viennoise, c'est que nous avons les mêmes terrains de chasse, et en tant que romancier je me dois de défendre les intérêts de la corporation. Qu'on nous laisse nos rêves, nos fantasmes, nos dérèglements mentaux, nos mensonges, nos blessures d'enfance, nos inventions, nos bizarreries, nos douleurs, c'est notre gagne-pain, à nous aussi.

Tu te rends compte que tu aurais soixante-douze ans aujourd'hui, ma vieille ? Je ne vais pas me risquer à imaginer ta marmaille et ta grand-marmaille, échafauder des hypothèses sur ce qu'auraient été tes adhésions aux causes du temps, ta participation aux grandes manifestations ou aux combats qui soulèvent les foules d'aujourd'hui. Serais-tu #MeToo, serais-tu vegan, serais-tu black bloc, serais-tu mamie rangée des voitures ? Serais-tu morte d'une overdose à vingt-sept ans, pour faire comme tout le monde ? Aurais-tu écrit des livres ? Porterais-tu un gilet jaune ? Regarderais-tu des séries, aurais-tu lu *Harry Potter*, Jaume Cabré, Javier Cercas, aimé les films d'Almodóvar (un sur deux, pour ma part), de Woody Allen (un sur dix), défilé avec *Charlie*, voté pour Macron (j'essaie de trouver des sujets d'engueulade, pour renouer avec les antiques habitudes), serais-tu Mac ou PC, spritz ou aguardiente, ferais-tu de la trottinette électrique au grand dam de tes petits-enfants ou de la marche nordique dans un club de retraités, te serais-tu prise de passion pour le tango ou la numismatique ? Ton absence a du moins l'avantage de laisser toute latitude à l'imagination.

Le mot « numismatique » produit son petit effet, n'est-ce pas. Il ne m'est pas venu par hasard. À la page 141 du livre, je raconte en quelle circonstance j'ai reçu un SMS m'annonçant que la piste de Gilles était retrouvée. J'étais à ce moment-là en conversation dans mon bureau, chez Gallimard, avec un numismate alsacien prénommé Jean-Pierre, qui me rend visite une fois par an pour me montrer ses trouvailles : des pièces anciennes ayant toutes pour particularité de présenter une anomalie, un défaut de gravure ou de conception qui décuple leur valeur. On ne s'ennuie pas, dans mon métier. Jean-Pierre m'entretenait aussi de l'avancée de son roman, une épopée guerrière dont le narrateur est un lapin. Je ne sais par quel hasard mon portable était posé sur mon bureau, ce 21 juin 2018, ce que j'évite d'ordinaire. J'ai vu l'écran de mon téléphone s'éclairer, et avant de l'éteindre vivement en m'excusant, j'ai eu le temps de lire la première phrase du message : Gilles avait répondu ! En effet, après avoir lancé dans l'espace une gerbe d'adresses qui étaient retombées comme des fusées mouillées dans ma messagerie, et écrit en vain au lycée de Nancy où il était censé avoir enseigné, j'avais fini par envoyer un bon vieux courrier postal à une adresse vieille de vingt ans que m'avait fournie l'éditrice d'un ouvrage collectif auquel Gilles avait (lui ou un homonyme) participé. Sans grand espoir, désormais. Pourtant le SMS me révélait que Gilles existait encore ! À ce stade de ma recherche et de l'écriture de mon livre, c'était une nouvelle essentielle. Je ne pouvais pourtant pas éconduire mon numismate qui s'efforçait à ce moment de me faire partager son émerveillement devant une monnaie médiévale tirée de son sac aux trésors (lors de son séjour annuel à Paris, il fait une moisson aux Puces ou dans les magasins spécialisés où les vendeurs inattentifs ou incompétents laissent partir sans le savoir des pièces beaucoup plus précieuses qu'ils ne le croient), monnaie dont une lettre avait été imprimée à l'envers, ce qui la rendait rarissime. Nous étions convenus, comme il était midi, de descendre à L'Espérance, l'annexe de notre noble maison, pour y boire un verre de quincy au comptoir avant son départ pour l'Alsace. Ce que nous fîmes, moi le cœur battant, mais sans impatience, prolongeant le plaisir de ces instants en bonne compagnie, et savourant à l'avance la lecture du message de Gilles.

Jean-Pierre vit dans un village d'Alsace, avec son père vieillissant dont il s'occupe. Je ne l'avais pas prévenu de la parution de mon livre en mars 2019, ne voulant pas qu'il se sente tenu de le lire. Au mois de décembre, j'ai reçu une lettre manuscrite en provenance d'Alsace, dont j'ai reconnu l'écriture car il m'envoie fidèlement ses vœux chaque année.

Il me raconte comment un vendredi, en fin d'après-midi, il poursuivit la lecture d'*Une amie de la famille*, entamée quelques jours plus tôt. Dès les premières pages, il avait senti que ce texte le reliait à moi par un fil secret. Le 4 novembre 1979, Jean-Pierre a perdu un frère de dix-sept ans alors qu'il en avait vingt. Sous ses pas s'est ouvert le même trou noir de silence et de douleur.

Il poursuit donc sa lecture, ce vendredi 13 décembre 2019, dans la cuisine, au coin du feu ronflant sous les vents dominants. Il arrive à la page 141, et découvre le passage qui lui est consacré. Il se remémore le jour de notre rencontre, apprend ce qui s'est passé alors, l'arrivée du SMS sur mon téléphone et moi qui continue la conversation comme si de rien n'était en buvant le verre de quincy… « Je suis allé au bout du chapitre me demandant comment vous aviez fait pour ne pas céder à la tentation de lire ces mots tant espérés ! » Fier et excité, il raconte à son père, qui est en train de lire *L'Alsace* à ses côtés, ce qu'il vient de découvrir. Et le vieux père, dans son antique sagesse, lui répond par un silence absolu, pas un mot en retour, pas une question, rien. De quoi relativiser la gloire de voir apparaître son nom dans un volume de la collection blanche. « C'est le grand drame de ma petite vie d'écrivain », conclut Jean-Pierre, qui se déclare mon « ami pour la vie ». « Car vous me faites exister avant que je ne sois publié ! Annie et Roger, mon frère, nous donnent la main à travers l'éternité, nous font entrer dans une autre dimension. » Il termine sa lettre en citant Erri De Luca : « Si mon frère jumeau était encore vivant, il approuverait. Il avait six ans quand il fut effacé par la vague de crue du torrent au printemps (…) Il y a plus de cinquante ans : sa pensée me tient compagnie. (…) Je pense à lui dans mes décisions, je l'interroge. Il a droit au dernier mot. »

La littérature est bien cette force silencieuse qui relie, qui se ramifie, favorise la propagation d'un réseau complexe d'émotions, de souvenirs, de savoirs. Elle traverse les frontières géographiques, temporelles ou de classe, elle bondit par-dessus les murs et les mers. Ainsi me parvient depuis la Turquie une longue lettre de mon ami Yiğit, qui me raconte comment ton histoire, Annie, notre histoire, l'a touché à plus d'un titre.

Tout d'abord, il évalue la tension qu'a dû engendrer, dans l'écriture, la proximité de la réalité vécue : difficulté du choix de chaque mot pour transmettre au lecteur sans impudeur un sentiment intime, difficulté aussi d'articuler le récit en équilibrant la gravité et l'humour – ce dernier étant selon lui une arme redoutable, qui incite le lecteur à baisser sa garde pour mieux se laisser atteindre. Puis il explique avoir soudain pris la mesure d'un événement capital, dont il ignorait tout, dans ma biographie. L'amitié en sera forcément changée, basée désormais sur une compréhension plus profonde. Le côté taciturne de mon caractère lui sera désormais plus facile à comprendre, lui qui est d'un naturel exubérant. Mais surtout, Yiğit établit une analogie entre notre histoire et la sienne. Il n'a pas perdu sa sœur dans un accident dramatique, elle vit toujours, mariée, mère de deux enfants. En revanche il a perdu la fillette brune dont il s'était tellement occupé quand elle était enfant, cette petite sœur qu'il a dû quitter quand il lui a fallu partir en exil. « Elle a disparu, emportée par la vague du coup d'État de 1980 avec toutes ses conséquences. Certes, quand je suis rentré dix ans plus tard, on m'a bien présenté une jeune femme qui était censée être ma sœur (…) Elle m'a même sauté au cou quand je suis descendu du bateau. Mais je ne l'ai pas reconnue. (…) Tout au long de ton récit, en particulier dans ta narration de l'impact de cette absence sur les survivants, du travail en profondeur exercé par la présence occulte de ce fantôme que l'on n'arrive plus à évoquer, je n'ai cessé de penser à cette analogie. Pendant des années, j'ai passé sous silence cette "disparition" et puisqu'elle était là et bien vivante, j'ai essayé de nouer des liens avec cette autre jeune femme qui était censée l'incarner. Eh bien figure-toi que je n'y suis pas vraiment arrivé. (...) J'avais beau me forcer, je n'arrivais pas à reporter sur la grande tout l'amour que j'avais eu pour la petite. »

Yiğit a eu une fille, Lal. En grandissant, Lal s'est mise à ressembler à Yaprak, la sœur perdue. « Elles étaient aussi adorables l'une que l'autre, Lal étant la version blonde de ma petite sœur brune. Elles avaient la même voix. » Pendant des années il a souvent appelé par mégarde sa fille du prénom de sa sœur. Et quand il essayait de retrouver avec sa sœur des échos de leur enfance commune, leurs souvenirs ne s'accordaient pas. Il s'est rendu compte, par ailleurs, que Yaprak n'arrivait pas non plus à aimer l'homme qu'il était devenu, du moins pas autant que la petite avait aimé son grand frère. Pendant ces dix années de séparation, elle avait vécu avec la présence pesante et permanente du fantôme de ce frère absent dont ses parents ne finissaient pas de porter le deuil. « Et elle lui en avait voulu à ce fantôme ! Et elle ne pouvait donc s'empêcher de m'en vouloir à moi aussi, même si l'absent et moi n'étions manifestement pas la même personne... Salauds de militaires, saloperie de vague ! »

Nous sommes agités de souvenirs qui nous transforment tout en se transformant eux-mêmes. Rien ne dure, tout est mouvant, nous ne retrouverons jamais cet instant précieux de tête-à-tête avec un être aimé qui nous a changé, jamais ce verre de vin auquel l'ombre d'un tilleul et la présence d'un ami ont donné un goût unique, jamais ce paysage qui nous a rendu heureux et qui ne se ressemble plus, jamais cette maison jadis si charmante aujourd'hui entourée de pavillons, jamais la voix de cette comédienne qui disait le monologue de Molly Bloom sur une scène minuscule et qui nous a ému aux larmes, jamais l'émotion ressentie en lisant une page, jadis, qui à la relecture a le goût de poussière des tisanes oubliées au fond d'une armoire, jamais tel parfum ou telle saveur dont le souvenir nous affole, nous vivons dans un éternel présent, abrutis par la conscience de ce qui meurt à chaque seconde, et pourtant nous restons, comme des enfants, assoiffés de ce qui vient.

7

Tu es devenue, m'écrit un lecteur, « le visage universel de nos douloureuses absences ». Ce que nous perdons, dans l'absence de l'autre, ce n'est pas seulement un être cher, c'est un moment de nous-mêmes que nous ne retrouverons jamais. Si tu devais revenir en septuagénaire, je ne te reconnaîtrais sans doute pas et peut-être t'en voudrais-je de ne pas être celle que j'ai perdue. Je ne suis pas, moi non plus, celui que tu connaissais, ni celui que j'aurais été si tu n'étais pas morte. Ta disparition a modifié inéluctablement la trajectoire de ma vie – pas seulement de la mienne –, et ton absence m'a façonné au fil des ans, comme elle a façonné tous ceux qui t'ont approchée.

Les jours filent, Annie. Je vieillis et tu restes jeune. Je les regarde bondir comme un torrent de plus en plus sauvage, contrairement à l'idée que l'on se fait de l'âge, souvent présenté comme un fleuve toujours plus serein, censé nous donner patience et sagesse et nous emmener avec la lenteur qui convient vers la froide demeure. Toi non plus tu n'étais pas de ceux qui contemplent tranquillement le passage du temps. Tu n'étais pas du nombre des bienheureux qui savent accepter. Tu te jetais contre les barreaux de la cage, le cœur plein de trop de désirs, d'amour inemployé. Sans doute te serais-tu assagie, notamment grâce à Gilles : tes derniers mois ont été resplendissants. Mais aurais-tu perdu ta colère ? Le volcan s'était-il juste assoupi, se préparait-il à de spectaculaires éruptions ? Nous ne le saurons pas. Au cours des mois qui viennent de s'écouler, par la vertu de quelques pages imprimées, tu t'es rapprochée de nous. Au moins la littérature permet-elle ce miracle de faire circuler entre ceux qui restent un peu de la vie de ceux qui sont partis. Grâce à elle les fantômes errants reprennent chair et couleurs, les fenêtres s'éclairent, on entend de nouveau les voix et les chants qui s'étaient éteints. Hier encore un couple est venu me voir pour me parler d'un fils perdu. Leur rencontre avec toi les a apaisés. Gilles – un autre Gilles – m'écrivait il y a peu qu'après avoir eu peur d'ouvrir le livre, il y est entré pour en ressortir « sans tristesse aucune mais avec un sentiment de douceur et de force mêlées ». Il ajoute un peu plus loin qu'il est d'accord avec moi sur ce point : la littérature ne répare pas. Ce n'est d'ailleurs pas ce qu'on lui demande. « Elle ne répare pas mais elle fait du bien dans la mesure où elle n'en finit pas d'interroger le sens et nous rend ainsi plus dignes de revendiquer une humanité. » Les livres nous rendent moins seuls. J'ai aimé, tellement, te voir circuler d'un cœur à l'autre. Annie – une autre Annie – a transmis le livre à Nathalie, qui l'a lu au bord de la Loire et me parle de sa rencontre avec toi comme d'un travail d'approche qui prend son temps, le temps des trous de mémoire, du vide, de l'oubli, des fausses pistes, des légendes, des histoires. « Le livre, me dit-elle, est un projet, une tentative, un rapprochement avec soi. »

On écrit avec ça : la colère, l'enfance, les beautés perdues, les beautés à venir, l'émerveillement du présent, la rage du manque, la révolte, le désir inassouvi, la soif de rencontres, le besoin de tout dévorer. Et tout cela, je te le dois. Tout cela m'a été donné le 1er novembre 1968 sur les rochers qui séparent la Chambre d'Amour de la grande plage de Biarritz, cela m'a été donné à l'instant même où tu perdais tout et où nous te perdions. La vague s'est déployée au-dessus de nous, et ce qu'elle a emporté ce jour-là à 15 h 22 elle l'a rapporté sous une autre forme, plus tard, jour après jour, nuit après nuit, dans un incessant mouvement de ressac. Tu as fini de respirer et ma vie a trouvé un souffle nouveau. « Entre el vivir y el soñar / hay una tercera cosa. / Adivínala. » (Entre la vie et le rêve, il existe une troisième chose. Devine laquelle), écrivait Machado, sans doute en pensant à toi.

Beaucoup de celles et de ceux que j'ai rencontrés ces derniers temps dans des librairies, des salons du livre, des médiathèques, dans des dîners amicaux, ont éprouvé lors d'un deuil ce même sentiment d'un passage dans une réalité différente, d'une traversée du miroir. La perte d'un être aimé n'est pas une simple soustraction. Une personne de chair disparaît, mais elle revient sous d'autres espèces, elle s'installe en nous et nous pousse à avancer, à chercher des réponses, elle nous laisse intranquilles, en alerte, en demande. L'ordre des choses est fracturé, et par la faille nous entrevoyons des territoires insoupçonnés. La douleur reste, lente et dure, cependant la vie ne saurait se réduire à elle. Le vide creusé par la perte peut ainsi parfois produire un appel d'air, susciter une force, un besoin de créer et de partager.

Tu es devenue un agent de liaison, pour reprendre la formule que j'employais plus haut à propos de la littérature. Quand tu apparais, les langues se délient. À mi-voix, ceux qui te rencontrent te confient leurs secrets. Ainsi Hala, une amie de mon frère Bernard, me raconte l'émotion ressentie à la lecture, car elle a perdu une sœur, elle aussi. « Quand j'ai vu apparaître la date de naissance d'Annie, j'ai eu un coup au cœur : c'est celle de ma sœur ! » Hala a grandi en Égypte, elle est venue en France à sept ans. Sa sœur vivait une histoire difficile avec son mari, ils avaient deux enfants, un garçon et une fille. Le couple partait à vau-l'eau, ils ont fait une dernière tentative de réconciliation en décidant d'un voyage à deux aux Antilles. Nul ne saura si leur couple aurait survécu à la tourmente. Au retour, ils sont morts dans un accident de voiture. Hala a adopté les deux enfants de sa sœur, à peine a-t-elle appris la nouvelle que sa décision était prise. Je vois Hala différemment aujourd'hui, tu as tissé un lien de plus.

Je pourrais continuer longtemps à dévider la litanie des coïncidences et des rencontres, des témoignages et des confidences. Un message en particulier me touche. Il vient de Nicole, dont le mari Roger, vieil ami d'écriture et d'édition, a disparu en 2017. Elle pense que Roger aurait aimé ce livre pour plusieurs raisons : « D'abord parce qu'il attendait toujours un nouveau livre de toi avec beaucoup d'intérêt. Mais il y aurait eu une raison plus intime. Il ne s'était jamais guéri de la blessure causée par la mort de sa sœur, à vingt ans. »

Je n'ai pas le souvenir que Roger m'ait parlé de sa sœur morte à vingt ans… Pourtant nous nous sommes vus chaque semaine pendant près de trois décennies, nous sommes partis en vacances ensemble, j'allais dans son bureau voisin du mien chez Gallimard, ou bien il me rendait visite pour parler de tout et surtout de rien, ce qui est un bon moyen d'entretenir l'amitié. Il est vrai que moi non plus, je ne lui parlais pas de toi. Il est possible que j'aie effacé de ma mémoire ses confidences sur un sujet aussi brûlant : la preuve est faite que je suis pourvu d'une gomme mentale assez efficace. Ce qui est plus étonnant, c'est le passage de mon premier roman que cite Nicole dans la suite de son message. Comme c'est étrange, j'avais totalement oublié, aussi, cette scène que j'ai pourtant écrite. La narratrice évoque ce qu'elle a vécu avec l'homme qu'elle aime, et qui vient de mourir, elle raconte notamment un épisode qui se déroule au Pays basque.

« Nous n'avons pas vu arriver la vague, une vague énorme qui nous a submergés. Enveloppés dans le drap blanc de l'écume, nous roulions sur les rochers, nous écorchant aux arêtes aiguës. Il y a eu ce long tunnel de lumière froide avant de pouvoir enfin respirer. (…) En face, les rochers dansaient, semblaient s'enfoncer brusquement sous la surface de l'eau. (…) J'ai nagé éperdument vers le large. (…) J'ai avalé une première gorgée d'eau qui a manqué de m'étouffer. (…) J'ai commencé à douter de pouvoir atteindre la plage. Là-bas, sur le sable, il me semblait voir des silhouettes s'agiter. Peut-être quelqu'un nous avait-il vus, peut-être avait-il donné l'alerte. Je me souviens de la deuxième gorgée d'eau salée, des derniers moments de lutte aveugle, des sursauts de révolte, encore une gorgée puis plus rien. Quand je me suis réveillée il y avait des visages d'hommes au-dessus de moi. »

Comment ai-je pu oublier ce passage où je te ressuscitais ? C'était pourtant, plusieurs années après ta mort, l'inauguration d'un long dialogue avec toi, un dialogue tellement secret que moi-même je n'avais pas conscience qu'il eût lieu. Il s'est poursuivi de livre en livre, et j'ai mis une éternité à m'en rendre compte.

Les emmurés. Quel titre ! Il est tiré d'un poème de René Char (« Que voient les emmurés ? L'oubli ? Leurs mains ? »). Je comprends maintenant qu'il aurait pu convenir à la perfection à *Une amie de la famille*. Ce roman est écrit à la première personne, au féminin. Une femme s'adresse à l'homme qu'elle aime. Il est mort, allongé sur un lit devant elle, mais elle ne s'avoue pas vaincue, elle semble persuadée que ses mots pourront le ramener à la vie, elle lui parle à en perdre le souffle. Cette variation autour de Shéhérazade, je l'ai reprise dans mon dernier roman, près de quarante ans plus tard : au chevet d'une femme plongée dans le coma, un homme tresse pour elle une couronne d'histoires qui s'entremêlent, certain qu'il la tirera ainsi vers la vie. Après tout, au bout de mille et une nuits Shéhérazade et l'amour finissent par vaincre. Quand j'ai découvert, il y a peu, à quel point ce thème m'accompagnait, j'ai cru en trouver l'explication dans une scène qui m'a longtemps hanté.

Ce 1er novembre, ils t'ont ramenée sur la plage où tu es morte d'épuisement, malgré les secours, malgré notre mère qui voulait à tout prix te sauver, te faire du bouche-à-bouche, te masser le cœur – elle était infirmière –, Maman qui te suppliait de revenir alors qu'on essayait de la tirer en arrière pour que ton corps inerte puisse être acheminé vers l'hôpital.

Cette scène je l'ai imaginée cent fois, je suis toujours incapable de dire si elle correspond à la réalité, car je ne l'ai pas vue de mes yeux ; mais après tout, la réalité, nous savons quoi en penser, toi et moi. À Brest, dans une librairie où je parlais de toi dernièrement, un homme s'est levé pour raconter comment cette lecture a fait violemment remonter en lui le souvenir d'une expérience récente. Il se baignait à la plage du Trez Hir. L'eau était glaciale, elle lui arrivait aux genoux. Soudain il a constaté que ses jambes étaient bleues. L'eau était bleue, le ciel était bleu, tout était bleu, puis tout est devenu noir. Quand il s'est réveillé il était allongé, et plusieurs personnes aimées étaient penchées sur lui, il entendait un mot répété comme une incantation : « Reviens ! Reviens ! » Ce récit a plongé la librairie pendant quelques secondes dans un silence de gorges nouées.

Le lendemain de l'accident tu étais sur ton lit, froide et pâle, dans l'appartement de notre grand-mère, rue de Masure à Bayonne. Ce furent des heures folles. Les uns et les autres erraient, hagards, en pleurs, incapables de prononcer un mot, de trouver une place. Les parents appelaient les amis au téléphone, réglaient comme ils le pouvaient les formalités, notre père essayait de trouver la formule du télégramme qu'il allait envoyer à toutes nos connaissances, elle était pourtant simple, mais il fallait se l'arracher : « ANNE-MARIE DÉCÉDÉE ACCIDENTELLEMENT. STOP. » C'est alors que j'ai eu le sentiment de voler une image sacrée : dans l'enfilade des portes du salon et de ta chambre, alors que je m'abrutissais dans le grand fauteuil qui pouvait contenir trois enfants et plus, j'ai vu Gilles à genoux près du lit où tu reposais. On pouvait croire qu'il priait, mais il te parlait. Une scène irradiante qui ne m'a jamais laissé en paix, et qui a inséminé mes romans à mon insu. Aujourd'hui encore, lors des rencontres en librairie ou en bibliothèque pour présenter le livre, lorsque je tente d'évoquer ce moment, ma voix se bloque et mes mains tremblent, je suis obligé de faire une pause.

À la relecture, dès lors, l'interprétation paraissait évidente, à un demi-siècle de distance : ce premier roman montrait l'amour aux prises avec la mort. Les vivants essaient à tout prix de ramener au rivage ceux qui s'en vont, ils usent des armes de la poésie, du chant, de la prière, de la lyre, ils se révoltent contre l'inéluctable, et ce combat fait jaillir d'eux ce qu'ils ont de plus précieux. On peut penser que je cherchais à conjurer ton départ, à te faire revenir coûte que coûte parmi nous par la force de l'écriture, à nier ta disparition. Pourtant, récemment, quelqu'un, prénommé Camille, a émis une hypothèse tout aussi plausible. Si dans *Les emmurés* une femme se penche sur un homme mort pour le faire revivre par les mots, il ne s'agit pas d'une simple inversion romanesque du réel. Ce n'est pas moi, par le truchement d'un personnage, qui me penche sur toi pour te ramener parmi nous, comme le faisait Gilles. C'est toi, la femme qui se penche vers moi pour m'intimer l'ordre de vivre et de donner un sens à ma vie par les mots. C'est toi qui m'appelles. C'est toi qui vis, et moi qui suis mort, prêt enfin à ressusciter par la force du verbe – et de quelques adjectifs.

8

Nous pourrions en rester là. J'ai écrit les pages qui précèdent parce qu'il m'était important de te parler et de te raconter ce qui a suivi ta désincarcération – qui est on ne peut plus métaphorique, bien sûr, puisque l'absence reste irréparable. Mais comme l'écrivait Berl, « il est des morts plus vivants que d'autres », et quelque chose me dit que nous n'avons pas fini. Je ressens peut-être simplement le désir de prolonger un peu ce dialogue imaginaire avec toi comme jadis au retour de l'école nous nous raccompagnions mutuellement, avec l'ami de cœur, d'abord chez l'un, puis chez l'autre, puis de nouveau chez l'un, interminablement, sans pouvoir interrompre nos va-et-vient tant l'idée de mettre fin à notre communion et de ne plus nous revoir avant le lendemain était insupportable – la comparaison vaut ce qu'elle vaut : tu n'es en vérité pas très bavarde et j'assume à moi seul les frais de la conversation.

Il me semble que nous n'avons pas fini, non, d'explorer les conséquences de ta disparition, et plus largement celles des morts successives qui vont en se multipliant dans l'entourage au fur et à mesure que nous avançons – cela du moins t'aura été épargné : tu n'as pas eu le temps de perdre un être cher, c'est l'avantage des vies brèves. Nous avançons, nous autres, comme Fabrice à Waterloo, vers une défaite annoncée, dans le sifflement de la mitraille et le fracas des canons, nous voyons tomber un par un nos camarades dans des nappes de brouillard et des bouillons de fumée qui empêchent de distinguer les limites du champ de bataille, les morts des vivants, le sens de l'histoire de celui du vent. Il faut marcher, marcher dans un tumulte de plus en plus froid, avec dans le dos la troupe grandissante des fantômes, les rêves éteints, les plaisirs et les jours, les saveurs enfuies, et devant nous la brume épaisse des lendemains, le parfum sur de la mort, le cliquetis mécanique des je-me-souviens.

« Car, d'emblée, tout est clair : la vie humaine, en tant que telle, est défaite, la seule chose qui nous reste face à cette inéluctable défaite qu'on appelle la vie est d'essayer de la comprendre. » C'est, poursuit Kundera, la raison d'être de la littérature.

Dernièrement j'ai écouté l'enregistrement d'une lecture de *Molloy* par Sami Frey. Ce livre a tellement compté pour moi, sans doute davantage qu'aucun autre, que j'appréhendais de redécouvrir les méandres de ces phrases si souvent parcourues autrefois, craignant de trouver à ce feu d'artifice une allure de pétard mouillé. *Je suis dans la chambre de ma mère. C'est moi qui y vis maintenant.* Ce fut un bonheur. Je l'évoque parce que la découverte de Beckett est arrivée peu de temps après ton départ, et je sais que cette bande de vieillards impavides, Molloy, Mercier, Camier, Malone, m'a été d'une aide immense quand je ne savais pas quoi faire de ma jeunesse. *Où maintenant ? Quand maintenant ? Sans me le demander. Dire je.* La petite ritournelle obstinée, le vélo, les cailloux dans les poches et la jambe raide de Molloy, son burlesque métaphysique, ses difficultés avec l'ordre du monde et les heures des repas, le radotage de Malone, *je serai peut-être bientôt tout à fait mort enfin*, ont accompagné la nouvelle vie sans toi. Ils m'ont indiqué la direction de l'écriture, cette porte ouverte, m'ont donné le désir et la force de franchir le seuil.

Me revient en mémoire ce que m'a écrit un ami, Patrick : « Comme toi, je pourrais dire que je suis né à quinze ans. Un événement familial, une perte là aussi, m'a marqué à vie. » Il se demande si le souvenir des grands tremblements de terre qui secouent notre existence n'occulte pas les mini-séismes, les secousses presque imperceptibles qui ébranlent l'édifice sans qu'on y prenne garde et lui impriment peu à peu sa forme. « Les morts commencent tôt dans la vie, tout de suite, qui sait même avant… » En voilà, de la sagesse. Il faut dire que Patrick ressemble à un moine bouddhiste, rôle qu'il a d'ailleurs interprété dans un film mémorable d'Alain Mazars.

Quoi qu'il en soit, j'ai le sentiment que le 1er novembre 1968 a véritablement marqué pour moi le début d'une existence nouvelle. Les adultes qui m'entouraient, et ceux qui étaient censés m'inculquer bonnes manières et connaissances variées ont commencé à désespérer de moi, et moi à jouir désespérément de leur désespoir. Je ne les fuyais pas, je ne partais pas à la dérive, je cherchais au contraire le contact, je développais des stratégies pour les pousser à bout, avec des résultats, je dois le dire, assez satisfaisants. Au lycée je suis devenu un chahuteur très inventif, je collectionnais les heures de colle, les avertissements et les blâmes, soutenu malgré tout, contre toute raison, par un proviseur qui sans doute connaissait mon histoire et avait à cœur, tout en m'admonestant solennellement à la moindre occasion, de me protéger des assauts des enseignants qui lui réclamaient ma tête. Je frôlais les limites d'un système que je faisais mine de contester – encouragé en cela par l'atmosphère de l'époque –, bref j'étais en réalité parfaitement adapté. À la faveur d'une conversation avec une amie il y a quelques jours, il m'est revenu en mémoire une anecdote révélatrice de mon état d'esprit d'alors. Cette amie me demandait, je ne sais pourquoi, si je me souvenais de l'endroit où je me trouvais lorsque Neil Armstrong avait posé le pied sur la Lune. Ce moment fait partie de ceux dont l'humanité entière se souvient, comme le 11-Septembre, la chute du Mur, l'assassinat de Kennedy ou l'attentat de *Charlie Hebdo*. L'exploit d'Armstrong était relatif, puisqu'il avait été précédé par Tintin quinze ans auparavant, mais il avait de quoi marquer les esprits. J'ai répondu que je m'en souvenais parfaitement – même si je sais désormais que ces deux mots accolés ont de quoi faire rire. Disons que je m'en souviens.

C'était le 21 juillet 1969, quelques mois après ta mort, et je me trouvais cette nuit-là à Cauterets, dans les Pyrénées, échappé d'un camp scout avec mon vieil ami Dominique. J'ai en effet participé pendant quelques années à ce mouvement qui, bien que catholique, connut dans les années soixante une inflexion remarquable vers la gauche : les jeunes portaient des chemises rouges et s'appelaient des « pionniers », référence explicite aux jeunesses soviétiques, ce qui peut étonner aujourd'hui. Je me rappelle un grand rassemblement au Bourget, en 1966 ou 1967 je pense, où durant dix jours des centaines, peut-être des milliers de garçons et de filles entre douze et quinze ans ont répété puis interprété un spectacle dans la plus pure tradition réaliste socialiste des fêtes de kolkhozes, tiré de l'histoire des Juifs conduits par Moïse vers la Terre promise, qui exprimait de façon explicite un message d'encouragement à la libération des peuples opprimés, dénonçait les mensonges des pouvoirs en place et les guerres déclenchées pour le seul profit du grand capital, et multipliait les références à des luttes sociales en cours dans le monde.

Je n'oublie pas Armstrong, rassure-toi, mais je suis contraint, pour plus de clarté, de faire quelques détours afin de décrire le contexte historique. Toute l'année nous partions le week-end dans des excursions en toute liberté, loin des parents et du système scolaire, et j'aimais ces moments de grande autonomie, de contact avec la nature, ces expéditions en équipe dans la forêt avec carte et boussole, ce sentiment d'aventure et de camaraderie. Tu n'as jamais connu cela, tu étais beaucoup plus contrainte, en tant que fille et fille aînée : jamais les parents ne t'auraient laissée échapper ainsi à leur surveillance pour courir les bois. Durant l'année nous préparions un projet de camp d'été, et c'est ainsi qu'en juillet 1969, après avoir hésité à parcourir la Bretagne à vélo, nous avons préféré suivre une portion du GR 10, un sentier de grande randonnée qui parcourt les Pyrénées sur toute leur longueur, de Hendaye à Banyuls. Nous devions partir de Saint-Jean-Pied-de-Port, je crois, ou Saint-Étienne-de-Baïgorry, et arriver à Cauterets.

Or, comme je viens de te le raconter, ta récente prise de congé avait notablement stimulé ma tendance à la provocation. La troupe était fragmentée en quatre ou cinq équipes de six. Pour une raison qui m'échappe, j'avais été désigné chef d'une de ces équipes. Un esprit réfractaire s'était développé dans mon petit groupe par rapport à l'autorité pourtant très prudente exercée par le chef de troupe, un garçon de vingt ou vingt-deux ans un peu dépassé par les événements, assisté d'un aumônier que j'appréciais beaucoup car contrairement à la plupart de ses confrères (nous en avons connu un certain nombre, rappelle-toi) il ne faisait jamais la morale. Le début de la randonnée s'est effectué dans la bonne humeur. Nous plantions nos tentes dans des sites enchanteurs, buvions l'eau des ruisseaux, fumions du Caporal en contemplant le crépuscule (oui, nous fumions, bien que très jeunes ; je me souviens que non content de rouler des cigarettes dans la journée, à l'arrivée d'étape je sortais de mon sac à dos une pipe en bruyère de provenance obscure, qui était un symbole de mon autorité sans doute car devant mes camarades admiratifs j'en tirais des nuages aussi épais que ceux qui roulaient au creux des vallées à la tombée du soir). Or il arriva que, lors d'une halte à Lescun, je tombai amoureux de la fille du charcutier. Elle était brune et pourtant blanche… Il ne se passa rien de spectaculaire, pour être honnête je dois dire qu'il ne se passa même rien du tout, mais la soirée fut très longue et arrosée, et le matin, lorsque le signal du départ fut donné, les yeux bouffis et la bouche pâteuse j'annonçai au chef de troupe qu'il était hors de question que je quitte Lescun pour continuer la randonnée. Mon équipe et moi nous étions concertés (clairement nous étions tous amoureux de la fille du charcutier mais je tins loyalement ce fait sous silence) et nous avions décidé d'établir notre campement à demeure dans ce village élu des dieux. Pourquoi continuer de gravir des sentiers caillouteux sous un soleil impitoyable, alors que la vie s'offrait à nous, simple et sans manières, dans cette bourgade exquise ? La discussion fut rude entre le chef, l'aumônier et moi. Je me souviens que l'aumônier parla de mon tempérament « caustique » en me regardant comme un animal étrange, j'ignorais le sens du mot mais je le pris comme un compliment. Au terme de la négociation il fut décidé que mon équipe serait décrétée « patrouille autonome ». Le reste de la troupe suivrait l'itinéraire selon les étapes programmées, et je m'engageais à être à Cauterets avec mon groupe le jour prévu pour le train du retour, une semaine plus tard. Une somme d'argent correspondant au budget journalier par personne me serait allouée pour survivre jusque-là avec mes hommes. Pas de quoi faire bombance, mais au moins nous échapperions au morne rata.

Je fus très satisfait de cet accord inespéré. Je dois à la vérité de dire, toutefois, que la totalité de mon équipe, que je n'avais pas véritablement consultée, il faut bien l'avouer, décida de réintégrer la troupe, hormis Dominique. Ils étaient trop incertains de la solidité de mon commandement, je me demande bien pourquoi, et de la disponibilité de la fille du charcutier, qui certes avait promis, dans la chaleur du feu de camp, de passer avec nous les jours à venir pour nous montrer les beautés du pays mais s'avéra de fait introuvable lorsque la troupe fut partie et que nous nous retrouvâmes, Dominique et moi, seuls à Lescun, face aux montagnes splendides et très hautes (en particulier le pic d'Anie, figure-toi, qui vu de Lescun forme une pyramide légèrement de traviole), à la fois fiers de notre bravoure et un peu inquiets quant à l'abri que nous devions trouver pour la prochaine nuit. Il était hors de question de renoncer, et de suivre la troupe à distance comme des chiens piteux sur ce sentier aux dénivelés redoutables, nous avions notre fierté. Par ailleurs, le pécule nous permettrait de ne pas mourir de faim. Quant à retrouver la bande à Cauterets, nous avions le temps puisque le trajet comportait trois ou quatre étapes sur plusieurs jours de marche, et que tout bien réfléchi nous disposions d'un moyen de transport beaucoup plus pratique et rapide que le crapahutage : l'auto-stop, très efficace à l'époque. C'est ainsi, j'y arrive, que nous parvînmes bien avant la troupe, Dominique et moi, le 21 juillet 1969, dans la jolie cité de Cauterets, débarqués frais et dispos d'une DS19 en plein centre-ville, alors que nos chers camarades suaient sang et eau et attrapaient des ampoules sur des pentes que même les pottoks et les chèvres regardaient à deux fois avant de les gravir. Nous étions en train d'inventer une convergence entre scoutisme et autogestion qui, à ma connaissance, n'a pas été exploitée par la suite. Il est d'ailleurs certain qu'une telle escapade adolescente ne pourrait être tolérée ni même imaginée de nos jours.

Et dans la nuit de Cauterets, alors que la terre entière

bruissait de l'événement qui était en train de se dérouler sur une autre planète, nous errions, mon ami et moi, à la recherche d'un sandwich et d'une limonade – mais tout était fermé. C'est ainsi que nous avons compris, en glissant, faméliques, sur les trottoirs en pente, jetant des regards pleins d'envie par les fenêtres où tremblotait la lueur bleu-gris des télévisions, qu'il se passait dans le monde, cette nuit-là, quelque chose d'encore plus intéressant que notre petite aventure séparatiste. Il marchait pour de bon sur la Lune, l'autre !

Toi-même, Annie, deux ans plus tôt, avais vécu une expérience comparable lors de ton voyage au Mexique, où tu étais restée en carafe suite à quelques malversations de l'organisateur du séjour. Tu avais alors profité de l'occasion pour te libérer de la tutelle des animateurs, fuir le camp où vous étiez parqués, et fraterniser avec l'autochtone de façon très délurée. Nous sommes bien de la même famille. Mais peut-être inconsciemment ai-je voulu cet été-là suivre ton exemple ? Ce voyage au Mexique avait été très important pour toi. Tu en avais rapporté, outre quelques cadeaux pour la famille (dont un porte-monnaie en cuir ouvragé que je conserve toujours dans mon bureau), un sentiment radieux, une force née de ta première véritable expérience de l'émancipation.

9

Et puis ça continue. Tu es là sans être là, les jours s'ajoutent aux jours, les nuits aux nuits, les morts aux morts. Car tu as été la première d'une très longue liste.

La première ? En vérité, non, tu ne l'étais pas. Le silence phénoménal qui s'est abattu sur la famille était la réplique d'un autre silence, celui qui a toujours entouré notre frère Michel, deuxième de la fratrie. J'y fais allusion rapidement dans *Une amie de la famille*. Une lectrice, Muriel, s'en étonne dans une lettre. Elle me demande pourquoi je ne m'attarde pas sur cet événement dramatique (et précurseur de l'autre) qu'a été la disparition de cet enfant pour nos parents, et sur ce qu'il a dû représenter pour toi, née environ un an plus tôt. Je parle de ce grand frère comme d'un de ces « enfants morts à la naissance » alors même qu'il a vécu cinq jours, a été déclaré, a été tenu dans les bras de ses parents et a forcément connu une sépulture. Muriel désigne ce quasi-oubli comme le « point aveugle » de mon récit.

Où est enterré Michel ? Je l'ignore. A-t-il été un tel poids pour toi ? Se dessinait-il en ombre portée, inévitablement, quand les parents te regardaient ? Carol me l'avait dit, après avoir lu le manuscrit d'*Une amie de la famille*, mais je n'y avais pas vraiment prêté attention, ton fantôme omniprésent dissimulait celui, minuscule, du nouveau-né qui t'avait suivie. « Les morts, les pauvres morts, ont de grandes douleurs. / Certes ils doivent trouver les vivants bien ingrats / À dormir comme ils font chaudement dans leurs draps »...

Jamais les parents ne nous ont emmenés nous recueillir sur la tombe de notre frère. Comment est-ce possible ? Est-ce pour la même raison informulable que jamais je ne vais te rendre visite au caveau familial de Bayonne, où tu reposes avec Marraine et nos parents ? Parce que notre silence est le vrai tombeau, et que nous portons en nous nos propres cimetières, ce qui nous dispense de fréquenter les vrais ? Parce que nous sommes déjà avec vous ? Parce que nous ne faisons déjà plus partie, et depuis longtemps, de la troupe des vivants ? Parce que nous sommes des frontaliers ?

Marraine est morte quelques années après toi. Elle a fumé sa dernière Gitane et elle est partie. À la fin de sa vie elle fréquentait deux ou trois prêtres qui vivaient en communauté non loin de chez elle, des jésuites je crois mais je ne suis pas expert et je ne les ai rencontrés qu'une fois ou deux. Ce n'était pas le signe d'un retour à la religion, elle aurait eu trop de chemin à faire pour revenir au bénitier natal, simplement elle appréciait les grandes gueules et les discours bruyants de ces sympathisants d'Iparretarrak. Les curés ordinaires n'étaient pas pour autant revenus en grâce auprès d'elle. La dernière fois que je l'ai vue, à l'hôpital de Bayonne, elle était furieuse après l'aumônier qui lui avait rendu visite et lui avait expliqué, à elle qui savait n'avoir que quelques jours à vivre, qu'elle allait bientôt guérir par la volonté du Seigneur. « Tu te rends compte ? Il m'a dit que j'allais *guérir* ! » Elle l'avait proprement viré de la chambre, comme l'a fait des années plus tard sa fille Janine, notre mère pourtant catholique engagée, quand une équipe de culs bénis porteurs de chandelles a voulu psalmodier quelques cantiques à son chevet : elle ne les trouvait pas à la hauteur de l'événement.

Je ne ferai pas l'inventaire exhaustif des morts de la famille. Tu as coupé à un nombre conséquent d'enterrements, petite veinarde. Des morts paisibles, des morts horribles, des morts, des morts, un grand charroi de cercueils et de fleurs, de sermons creux dans des églises gelées, de cortèges égarés dans des banlieues grisâtres, la longue cohorte des effacés aux grandes douleurs, ceux que tu as connus et pour certains aimés, ceux que tu as précédés sans respect pour l'ordre des choses et qui à leur tour ont fini allongés sur les tables des funérariums, dans des boîtes en bois entourées de cierges qu'un curé arrosait de flots d'encens et de jets d'eau bénite parmi la rumeur pitoyable des chants de messe et des sanglots, tu as échappé à tous ces coups qui un par un nous assomment et nous laissent comme des boxeurs groggy dans l'attente du gong final, tu as échappé aux plaintes et aux gémissements, partie avec sagesse et un brin de désinvolture dans la pleine force de tes vingt ans, nous laissant aux tracas des deuils, des héritages, de l'absence, des tristes lendemains. Ils ont quitté la scène un par un, les oncles, les tantes, les cousins et les cousines, les grands enfants de quatre-vingt-dix balais, tu ne les as pas vus, évadée à l'improviste, profitant d'une grille que le geôlier avait laissée ouverte, et nous restons à tourner en rond dans la cour de promenade et à guetter les signes d'une libération prochaine. Tu n'auras pas vu partir Marraine, sans doute la plus proche de toi. Ni Serge, ni Andrée, ni les tantes, Lina la rieuse et Agnès la pleureuse, ni Marthe la comique, ni Louisette l'infirmière de bloc opératoire admirée de tous qui choisit, pour lutter contre le cancer, le retirement et la méditation plutôt que la chimiothérapie (avec le succès qu'on devine), ni tant d'autres qui t'avaient bercée, accompagnée, soignée, réprimandée, cajolée, attendue, surveillée, aimée. Tous ceux-là auraient mérité que tu les accompagnes au cimetière, plutôt que le contraire.

Ni tes parents, bien sûr.

Tes parents, nos parents, ce n'est pas le moment d'en parler, je ne m'en sens pas la force. La vie des morts est tellement remuante, et le ciment du caveau de Bayonne est encore frais du dernier scellement, n'y touchons pas, mais laisse-moi te raconter comment la vie a continué sans toi, merveilleuse et impitoyable. Des amis sont venus, nombreux, certains sont partis, un peu trop pressés. J'aimerais t'en présenter quelques-uns, comme on plante des arbres sur un pré en pente dominant la baie, dessiner avec eux un petit jardin improvisé, et te donner une idée de ce qui t'a suivie.

Je ne parlerai pas des vivants, par crainte de leur porter malheur, et puis désormais mes morts sont si nombreux qu'ils forment déjà un bosquet conséquent.

Ça va très vite, en général. Entre le moment où le

signal est donné, à la faveur d'une banale analyse de sang ou de la découverte d'un grain de beauté bizarre, la vie prend des allures de grand huit, accélérations soudaines, pentes à quarante degrés, tête à l'envers, nausée, et déjà c'est la fin du numéro. Ainsi Jérôme. C'est un exemple. Il avait quarante ans à l'époque je pense, moi un peu moins. Flore et lui, trois filles, comme nous. Ils gardaient les nôtres quand nous partions en voyage, leur appartement était ouvert et gai. Lise, notre fille aînée, m'a dit qu'elle conserve de ses séjours chez Flore et Jérôme une image très forte. Un jour elle les a vus, dans la petite cuisine de leur appartement, en train de préparer un repas. Ils avaient installé deux tabourets devant la gazinière, et ils s'occupaient de leurs plats respectifs, assis sur leurs tabourets, tout en bavardant. « C'est resté pour moi, dit-elle, l'image même de l'amour. » Ils avaient traversé les années soixante-dix dans un rêve enfumé, comme nous, s'étaient fait enfumer, comme nous, avaient voté Mitterrand en 1981 en n'en pensant pas moins, avaient vu les anciens camarades révolutionnaires prendre du galon, du pouvoir et du ventre et s'étaient dit, comme nous, qu'il y avait là, après tout, matière à rigoler. On n'allait pas se laisser abattre pour si peu, car la vie est courte, ce n'était pas toi qui allais me dire le contraire lors de nos incessants conciliabules. Nous n'avions pas renoncé toutefois à refaire le monde, ce qui nécessite une grande quantité de tabac et d'alcool, entre autres ingrédients funestes.

Tous les ans, aux alentours du 18 juin, nous fêtions en bande l'anniversaire de Michel-Jean, dont je te parlerai un peu plus loin. Comme Michel-Jean était un homme de théâtre – naître un 18 juin, franchement, cela annonce sa *drama queen* –, sa garde rapprochée se complaisait dans des déclamations tonitruantes, les plus agiles grimpaient volontiers sur les tables enveloppés dans des rideaux de douche façon Caligula, entonnaient des hymnes galvanisants bien que difficilement interprétables, jusque tard dans la nuit. Un de ces 18 juin, alors que les tables étaient installées dans la cour située devant une antique maison troglodytique prêtée par un ami vigneron dans le splendide village de Crissay-sur-Manse, nous commençâmes les agapes sans Flore et Jérôme, qui étaient en retard. Quand finalement ils arrivèrent, je crus tout d'abord que Jérôme avait fait une mauvaise chute, car il marchait avec des béquilles. J'allai à sa rencontre en plaisantant, mais je vis tout de suite que l'heure n'était pas à la blague. Il y avait dans son regard bleu une lueur d'effroi. Alors qu'il s'était brisé un os quelques jours plus tôt, la radio avait révélé qu'il ne s'agissait pas d'une banale fracture : son squelette était rongé par des métastases sans doute parties des poumons. Peu de temps après, la même bande, augmentée d'un grand nombre d'autres amis et proches, accompagnait Jérôme, selon l'expression consacrée, à sa dernière demeure – ce qui ne correspond à aucune réalité vérifiable, puisque les morts n'ont pas une seule demeure, ils en ont beaucoup et ne tiennent pas en place. Une fanfare jouait des airs joyeux, et après la cérémonie le cortège échoua à la maison, suffisamment grande pour accueillir ceux qui le souhaitaient, à condition de laisser les hélicons dans la cour et de se serrer un peu. Ce fut un très beau repas d'enterrement, nous avions rarement autant ri ; pour faire la nique au cancer on fuma beaucoup, on chanta comme des trous et on but à gorge déployée.

Les amis meurent à tout âge, on ne peut pas leur faire confiance pour respecter les convenances chronologiques. Parfois Daniel et moi plaisantons sur la question de savoir qui de nous deux devra assumer la corvée de l'éloge funèbre. Logiquement ce devrait être moi, puisque ce croulant a dix ans de plus, mais malgré ce handicap je peux encore espérer le griller sur le poteau, un accident est vite arrivé. Encore un que j'aurais bien aimé te présenter, mais nous avons stipulé que nous nous en tiendrions aux morts, nous ne dérogerons pas.

Souvent je me suis demandé ce qu'auraient été tes années soixante-dix si tu avais pu les vivre. Gilles m'a dit que pendant les événements de Mai tu tentais de le dissuader d'aller à Paris pour participer aux assemblées et aux manifestations. Sans doute n'étais-tu pas en désaccord avec ses idées, mais tu craignais les mauvais coups, les matraques des CRS et les pavés perdus. Surtout, tu ne voulais pas mettre en danger l'amour qui était en train de te hisser hors du puits après des années tourmentées. Aurais-tu milité pour la libération de l'avortement, la cause féministe ou celle des immigrés ? Aurais-tu sagement suivi tes études d'espagnol, traduit des livres ou des poèmes, fait des enfants sans te préoccuper du reste ? Aurais-tu tout plaqué, serais-tu partie avec Gilles sur le plateau du Larzac ou dans une vallée d'Ardèche pour y élever des chèvres ? À laquelle des filles de ma connaissance, dans cette période, aurais-tu le plus ressemblé ?

Certainement pas à Lulu qui, comme son surnom ne l'indique pas, s'appelait en réalité Bernadette. Elle a beaucoup compté dans ma vie. J'ignore dans le fond si tu as un jour fait partie d'une bande, ou si tu n'as connu que des amitiés duelles, comme avec Lydie. Parfois l'amitié se déploie en constellations, qui d'ailleurs ne sont pas exclusives les unes des autres. Chacun peut appartenir à plusieurs réseaux amicaux différents, qui se connaissent à peine et ne se fréquentent pas. Lulu fut une pièce maîtresse d'un groupe fortement soudé. Carol et moi l'avons intégré par hasard, au début des années soixante-dix. Nous avions dix-huit ans, et nous passions l'été à Paris, dans l'appartement de ses parents absents, rue Vieille-du-Temple, afin de vendre notre force de travail juvénile au grand capital et gagner de quoi payer une partie de nos loyers de l'année à venir. Les mornes journées à la banque qui nous employait nous donnaient de fortes envies de distraction une fois passées les heures d'un labeur dont j'ai tout oublié. Sur le trajet de retour à pied, depuis le boulevard Haussmann jusqu'au Marais, nous dévalisions les librairies qui se trouvaient sur notre passage, et à l'arrivée nos sacs étaient chargés de livres de poche – pas tous payés, je dois l'avouer. Cependant la littérature n'est pas le seul moyen de changer d'air. Je m'étais procuré quelques doses de LSD auprès d'un camarade secourable. Un samedi soir, nous avons décidé de tenter l'expérience. Les effets de l'acide ont tardé à se faire sentir, ce soir-là, mais une fois déclenchés ils ont provoqué une terreur grandissante chez Carol. Nous nous faisions face, à cheval sur le banc de la salle à manger, quand elle a commencé à avoir peur. Le banc tremblait sous elle comme un balai de sorcière, mon apparence avait dû changer car elle semblait ne plus me reconnaître, peut-être mes canines avaient-elles poussé, peut-être mes mains lui paraissaient-elles pareilles à des pattes de loup, et le fait que le ciel par la fenêtre ait pris une teinte vert pomme n'était pas forcément bon signe. Pour ma part, j'appréciais ces changements, en particulier les gerbes d'étincelles qui jaillissaient de ses yeux, et je tenais des propos sans doute un peu exaltés qui ne la rassuraient pas vraiment. Elle aurait voulu crier, mais sa gorge ne laissait passer que de petits couinements de souris. Rugissements d'étoiles, tintements, explosions molles, tourbillons : il fallait en convenir, ce produit était assez costaud. Il allait falloir penser à chercher du secours.

Nous avions remarqué que l'appartement situé sur le même palier que le nôtre était fréquenté par une bande d'apparence joviale, garçons et filles plus âgés que nous de quelques années, et au douzième coup de minuit je décidai de ravaler ma fierté et de frapper chez ces voisins pour demander leur aide. Ils étaient en train de jouer au tarot. Un peu surpris mais franchement rigolards, ils nous firent asseoir par terre, faute de sièges dans la pièce minuscule où ils tapaient le carton, promettant de nous surveiller le temps de l'atterrissage. La partie de tarot dura jusqu'au matin. Ils utilisaient, pour se maintenir de bonne humeur, des produits autorisés par les conventions de Genève, à base de prune du Lot et de malt torréfié. Lorsque nous avons quitté la cellule de dégrisement et traversé le palier dans l'autre sens au lever du jour, il était clair que nous ne nous quitterions plus jamais, eux et nous. C'est ce qui s'est passé. Je ne ferai pas le portrait de ceux qui vivent encore, laissons-les respirer. Deux d'entre eux sont morts. Michel, très récemment, j'en parlerai. Et Lulu, donc, en 2012, un an après notre mère.

Lulu. Jamais je n'ai connu quelqu'un qui eût une telle autorité, sans être le moins du monde autoritaire. Dans notre meute de chiens fous, elle était la voix calme qui imposait soudain, au milieu du tumulte, le chemin du bon sens. Chaque fois, nous cessions instantanément de japper et de nous agiter en rond, et devions convenir, à la fois piteux et admiratifs, que Lulu avait encore une fois raison. Cela se terminait en général par un brame collectif : l'un de nous lançait : « Lulu a toujours... », et les autres entonnaient en chœur : « RAISON ! » Ce bon sens, elle le tirait d'une vie passée à surmonter des obstacles, à renverser tranquillement des barrières. Elle avait commencé à travailler très jeune, comme étalagiste dans une grande maison de cosmétiques parisienne. Et elle avait vite mis le doigt dans l'engrenage du syndicalisme, qui allait devenir le centre de sa vie. C'est ainsi qu'elle avait connu Phiphi, autre chien fou de la bande, parti travailler à quatorze ans, qui avait lui aussi créé dans son entreprise une section de la CFDT, organisation dont tous deux allaient devenir des cadres permanents. Quand il a lu mon livre, Phiphi m'a écrit un beau message : « Je découvre cette blessure quarante-quatre ans après notre fameuse rencontre, qui reste gravée dans ma mémoire... » Il quitterait la Confédération très en colère, vingt ans plus tard, considérant que la ligne choisie par la direction trahissait les idéaux pour lesquels il s'était depuis toujours battu, tandis que Lulu s'estimerait mieux à même de lutter contre l'infléchissement libéral en restant au sein de l'appareil – cette explication est sans doute beaucoup trop sommaire, mais quoi qu'il en soit je n'ai pas l'intention de te parler syndicalisme, il est question de Lulu.

Elle aimait la simplicité en tout, ce qui est un art compliqué. Grande cuisinière, elle pouvait préparer des plats pour quatre ou pour quinze avec la même tranquille aisance, la même justesse. En gastronomie comme en politique, elle savait en quelques gestes ou quelques mots remettre les choses dans leur axe. Ses convictions étaient solides, claires, logiques, sans la moindre trace de grandiloquence, loin des songeries souvent fumeuses de l'époque. De Sicile où elle avait des amis proches elle avait rapporté des recettes qui éclairaient les repas par l'évidence de leur équilibre. Pâtes à l'ail, basilic et citron : tout est dans le tempo, la pasta al dente doit sonner dans l'assiette comme un accord pincé de mandoline, avec juste ce qu'il faut d'huile d'olive pour adoucir la note. Lulu ne vociférait pas dans les manifestations, mais on pouvait compter sur sa ténacité et sur la limpidité de ses analyses. Pas question de la remplacer aux fourneaux, toutefois nous avions le droit de lui rapporter les écrevisses que nous pêchions dans la Cure lors de nos séjours dans la maison du Morvan : elle en faisait son affaire, à la rigueur je pouvais faire la mayonnaise.

Et puis la maladie a sonné une première charge. Un cancer du sein exactement en même temps que notre mère. Cela relevait de l'invraisemblance, et après cette première alerte la vie a repris son cours, vacances, week-ends, réveillons dans les Landes ou en Bretagne, coups de téléphone, soirées en musique avec Phiphi qui mettait toujours l'ampli à fond au grand dam de Lulu, virées dans les caves de Touraine ou d'ailleurs, des rires, des rires. Nous avions presque oublié la maladie.

Elle est revenue, elle l'a eue. Il allait falloir nous habituer à une nouvelle vie, différente, sans Lulu mais pas vraiment sans elle. Les morts nous tiennent chaud, tu sais bien. Elle ne demanderait plus à Phiphi de baisser la musique, mais elle serait là pour nous donner des conseils avisés, puisqu'elle resterait à jamais la seule parmi nous à garder les idées claires. Elle nous les soufflerait en douce, à nous qui sommes dans l'ensemble beaucoup moins doués qu'elle ne l'était pour le réel. Elle serait là dans nos gestes quotidiens, dans nos pensées infimes, parce que rien ne se perd quand on s'aime comme nous nous aimions, comme elle nous aimait, sans faire d'histoires ni de complications. Cette nouvelle vie sans elle nous l'appréhendions mais nous savions que Lulu ne nous lâcherait pas. Il est toujours difficile de comprendre pourquoi un être aimé s'éloigne. Il doit bien y avoir pourtant une explication, dans ce cas précis, puisque Lulu a toujours raison. Quelques mois plus tard toute la bande est partie sur un grand voilier loué pour l'occasion, et nous avons regardé ses cendres disparaître dans l'eau bleue sous le soleil breton, au large de Saint-Jacut-de-la-Mer où elle rêvait d'avoir un jour une maison, et où nous étions souvent allés en balade. La voile était rouge brique, le vent frais, le bateau a fait longtemps des ronds dans l'eau comme il se doit quand on dit adieu à un marin perdu.

10

« Quand les chevaux du temps s'arrêtent à ma porte / J'hésite un peu toujours à les regarder boire / Puisque c'est de mon sang qu'ils étanchent leur soif… » Supervielle me souffle ces vers alors que je me demande une fois de plus quelle force me pousse à planter mes amis comme des arbres dans le jardin que j'ai improvisé pour toi, comme si tu avais tant besoin d'ombres.

Celui-ci, par exemple. Guy. J'aurais tant voulu qu'il reste longtemps parmi nous, il me manque. Tu l'aurais aimé. D'abord parce qu'il était d'ascendance hispanique, avait joué et mis en scène Federico García Lorca et Rafael Alberti, connu et traduit Neruda et José Bergamín. Et puis parce qu'il était impossible de ne pas l'aimer, voilà tout. Il est mort en 1996, je viens de le vérifier, plus jeune de deux ans que moi aujourd'hui, après un passage fulgurant dans notre existence où il s'est installé du jour au lendemain, en 1991. Cinq ans ! Nous avons passé cinq ans ensemble. J'ai du mal à y croire, tant il me semble avoir traversé des décennies en sa compagnie. J'ai connu Guy à France Culture. Il administrait le bureau de lecture des dramatiques radiophoniques, dont je faisais alors partie. Lui aussi avait trois filles, et il avait de forts liens avec Tours, où je vivais et où il avait créé et dirigé entre 1962 et 1971, à la demande d'André Malraux, une compagnie de théâtre, la Comédie de la Loire, qui a durablement marqué la vie locale. J'avais d'ailleurs assisté à l'un des derniers spectacles, en 71 : *Une saison en enfer*, mis en scène par Henri Ronse et joué par Bruno Sermonne, qui m'a marqué à jamais. J'avais dix-sept ans, âge où l'on est trop sérieux. J'ai toujours dans mon bureau la belle affiche créée pour l'occasion par un graphiste, Jean-Jack Martin, qui est devenu un ami proche, et j'ai au fil du temps rencontré tous ceux dont les noms figurent sur l'affiche : Ronse, Sermonne l'acteur claudélien par excellence, Martin, et bien sûr Guy, vingt ans plus tard, comme si l'affiche était le générique de ma vie à venir. En 1991 Guy avait abandonné le théâtre, sauf dans la vie quotidienne, dont il faisait un spectacle permanent. Je le croisais lors des réunions du bureau de lecture. Toutes sortes de gens y participaient : écrivains, comédiens, metteurs en scène… J'y voyais par exemple François Chaumette, acteur qui m'avait impressionné dans ma jeunesse par son rôle démoniaque dans le feuilleton *Belphégor* aux côtés de Juliette Gréco. Il avait une voix ensorcelante, un beau visage d'assassin ou de psychopathe, et c'était le plus doux des hommes. À la sortie d'une de ces réunions, Guy m'a fait une déclaration d'amitié, très surprenante car nous ne nous étions jamais rencontrés seul à seul. Il fallait que l'on se voie, et vite, m'a-t-il dit. Et pour valider sa déclaration, dès le lendemain il m'a écrit un petit mot très drôle, proposant un rendez-vous. Deux jours plus tard, nous nous retrouvions en gare de Tours. Notre destin était scellé. Selon lui nous étions faits pour nous rencontrer, il m'avait bien observé lors des réunions à France Culture, nous allions sans aucun doute écrire des livres ensemble, et partir en Argentine, pour commencer, inutile de lutter contre le sort. Il s'est installé dans la famille, a immédiatement adopté notre dernière fille, Anna, pour qui il faisait confectionner d'affreuses robes à volants par un tailleur de sa connaissance. Il emmenait les deux aînées, Mia et Lise, dans des salons de thé pour les gaver de gâteaux, et il ne s'est plus passé un jour sans que nous communiquions par téléphone à toute heure. J'ai sous les yeux une photo où l'on voit Mia jouer du piano sous le regard ébloui de Guy. Il débarquait quand il voulait, nous partions à Belle-Île où il avait de bonnes adresses – notamment celle de son ami Laurent Terzieff. Il appelait parfois à sept heures du matin pour lire de sa belle voix grave un poème de Neruda, s'étonnait qu'on lui reproche de téléphoner si tôt : il rongeait son frein depuis une heure au moins. Nous partagions ce redoutable privilège avec tous ses proches. Hier soir encore, j'en parlais avec deux amis, Marie-Do et Jean-François, chez qui je séjourne au moment où je rédige ce chapitre. Eux aussi ont été très proches de Guy, et comme nous victimes consentantes de ses débordements. C'est d'ailleurs son décès qui nous a rapprochés : nous nous sommes un jour retrouvés, tous les intimes, autour du corps de Guy allongé à même le sol sous un drap blanc, selon la tradition, dans son petit appartement de la rue des Blancs-Manteaux, et notre amitié est vraiment née là. Les morts ont, entre autres pouvoirs, celui de faciliter les rencontres.

Nous avions Mangeclous à la maison. Guy était un Sépharade de Corfou, il parlait le judéo-espagnol, sa mère avait connu Victoria Ocampo à Buenos Aires où elle s'était réfugiée dans les années trente et quand il parlait d'elle, avec l'adoration et les superlatifs dus à une mère juive, on se demandait s'il fallait regretter ou se réjouir de ne pas avoir connu une telle trombe. Aller au restaurant avec lui était une épreuve. Nous savions qu'il hésiterait sur chaque plat, ferait des remarques désobligeantes, se lèverait à un moment du repas pour aller en cuisine donner des conseils au chef ou réclamer qu'on lui change son menu. Nous courberions alors les épaules en attendant le drame, et pour finir verrions Guy sortir triomphal des cuisines, bras dessus bras dessous avec le cuistot qui aurait cédé à tous ses caprices.

Il vénérait Claudel, dont il avait monté plusieurs pièces, et avait poussé le sens du respect jusqu'à épouser sa petite-fille. Souvent il était allé à Brangues, et il racontait, la voix tremblante, ce séjour hanté par l'âme du grand homme, le petit sentier au fond du parc menant à la tombe avec son épitaphe : « Ici reposent les restes et la semence de Paul Claudel » – que je trouvais pour ma part légèrement prétentieuse, mais je me gardais bien de le faire savoir.

Son mariage s'était défait. Il était peiné par la distance que le divorce avait fini par mettre entre lui et ses trois filles, dont il s'était beaucoup occupé quand elles étaient petites. Lorsque je l'ai connu, il partageait sa vie avec

Michel-Jean, lui aussi passionné de théâtre, qui avait joué dans certaines de ses mises en scène et avait lui-même monté des spectacles, en particulier *Les veuves* de François Billetdoux, avec d'impressionnantes marionnettes à taille humaine, manœuvrées à vue par des acteurs vêtus de noir, créées par Jacques Voyet, autre disparu conséquent, chez qui je les ai vues des années plus tard, allongées dans des sarcophages en bois, entourées de murmures et de voiles frissonnants, inapaisées, effrayantes et désirables. J'ai fait allusion plus haut à Michel-Jean, l'homme du 18 juin et des anniversaires déjantés. Il faudra que je te parle de lui, aussi. Quand Guy nous a fait connaître l'homme avec qui il vivait désormais, nous n'avons tout d'abord pas compris qu'ils formaient un couple. Pourtant ils vivaient ensemble, nous les fréquentions beaucoup, allions chez eux régulièrement, mais ils étaient si discrets sur leurs sentiments que nous avons mis un ou deux ans, au moins, à comprendre qu'ils n'étaient pas seulement colocataires, ce qui continue de me sidérer. Peu importait, de toute façon. Nous étions bien, Michel-Jean cuisinait des cailles aux raisins tandis que Guy, installé dans son fauteuil impérial, commentait les nouvelles du monde ou déclamait des tirades de *Partage de midi*.

Lors de mes séjours hebdomadaires à Paris, il m'arrivait de dormir rue des Blancs-Manteaux, dans un lit étroit coincé dans une sorte de placard, que j'aimais beaucoup. Interminables et vigoureuses discussions, le soir et le matin, sur la politique, le théâtre, la littérature ou l'art et même la religion, car l'âge venant Guy se préoccupait de métaphysique et se rapprochait de la culture juive qu'il avait quelque peu délaissée jusque-là.

La religion était le dernier de mes soucis et lui-même avait mené une vie exempte de toute bondieuserie, mais la question du sens le taraudait, et il ne voulait pas trahir l'héritage de sa famille. Il semblait persuadé – et voulait me persuader – que je partageais ses préoccupations philosophiques. La question de l'existence de Dieu m'intéresse infiniment moins que celles, par exemple, des avantages du chenin sur le sauvignon ou de la présence impie de crème fraîche dans la pasta alla carbonara, qui me semblent d'une autre importance, mais j'acceptais de le suivre à la nage dans les méandres de ses réflexions théologiques, pour le pur plaisir d'être avec lui. Il me racontait sa tournée en Amérique latine avec Pablo Neruda, son amitié avec Rafael Alberti et Paco Ibáñez que nous sommes allés voir ensemble un soir au Théâtre de Paris. Paco chantait les textes de Rafael, qui disait des poèmes, hiératique, installé sur scène dans un grand fauteuil, éblouissante crinière blanche et gueule de boxeur : *La poesía es un arma cargada de futuro.* Je n'oublie rien de ces moments, rien des petits déjeuners où il fallait parler de Dieu en beurrant les tartines, et où Guy de sa voix grandiose m'accusait de vouloir les jeter à la mer, lui et son peuple, parce que j'avais émis une quelconque réserve sur la politique de l'État d'Israël. Cela se terminait toujours par des rires et des embrassades, en vérité, et j'ai le souvenir de sa main qui venait parfois se poser sur la mienne dans un geste spontané de tendresse.

Je jure que je n'ai jamais voulu jeter personne à la mer, ni Guy ni son peuple. Il le savait bien, et ces controverses provoquées n'étaient pour lui qu'un prétexte à roulements de voix et gestes olympiens. Les semaines, les mois, les saisons passaient, je n'imaginais pas que cela pourrait se terminer, et si vite. Nous n'avons pas eu le temps d'aller ensemble en Argentine. Un jour il a annoncé des résultats d'analyse inquiétants, et tout s'est enchaîné dans une dégringolade impossible à arrêter, il est devenu frileux, le soir il posait sur ses épaules une couverture en laine et assistait aux conversations sans plus faire tonner sa voix ni clamer à tout propos son amour pour François Mitterrand et Jack Lang. Il est entré dans son hiver, bien trop vite, bien trop tôt. La dernière fois que je l'ai vu vivant, à l'hôpital de Suresnes, il venait de recevoir la visite d'une de ses filles et son visage en était tout éclairé. Il m'a pris la main et m'a demandé : « Je vais crever, tu crois ? », mais cette question n'appelait pas de réponse. Marie-Do me raconte que sa dernière rencontre avec lui s'est déroulée dans la salle de bains où elle l'a aidé à prendre un bain pour soulager sa douleur à la toute fin de sa vie, et ces instants ont été pleins pour elle d'une douceur définitive.

Ensuite, toujours la même histoire : tout va de plus en plus vite, les jours filent en saccades, ponctués d'appels alarmants, de mauvaises nouvelles, et le voilà sous le scanner, le voilà tendant son bras à l'infirmière pour la énième prise de sang, le voilà lors des dîners sur son fauteuil en bout de table incapable d'avaler une bouchée tandis que nous tentons de tenir une conversation normale, le voilà dans une chambre où défilent les blouses vertes dans le scintillement d'inox des potences où pendent des poches translucides qui ne le ramèneront pas, le voilà balbutiant, stupéfait, et le voilà entre deux eaux, le voilà déjà sous le drap blanc, à même le plancher de la rue des Blancs-Manteaux, dans l'appartement où glissent les ombres de ses filles et celles des amis et de la famille venus le saluer, le voilà dans la boîte en bois suivie par une petite foule dans le cimetière juif d'Asnières où souffle un vent glacial et où il met en scène un dernier acte héroï-comique en déclenchant soudain une tempête de neige sous laquelle nous restons stoïques avec nos nez rouges et nos yeux mouillés.

Rideau.

11

Quand les chevaux du temps s'arrêtent à ma porte...

Je leur donnerai à boire tout mon sang s'il le faut. Je voudrais que le jardin soit harmonieux, reposant. Je plante des arbres qui ploient à peine sous le vent dans la journée, et marchent et parlent dès que le soleil disparaît, j'aimerais que la nuit vous sortiez ensemble, bras dessus, bras dessous comme dans « La maison des morts » d'Apollinaire où l'on voit une joyeuse bande de défunts mêlés aux vivants partir en excursion à travers la campagne, que vous parliez des étoiles, de ce qui vous a manqué, de ce qui vous a comblés, je voudrais que mes amis te plaisent comme ils t'auraient plu si tu avais pu prendre le temps de les connaître en restant parmi nous. Ce n'est pas un cimetière, décidément, c'est un parc sillonné de chemins qui bifurquent sans cesse. Ici je plante un bouleau simple et solide, c'est Jérôme. Ici un érable flamboyant, c'est Guy. Là l'aubépine généreuse, c'est Lulu. Qui planter maintenant dans cette courbe du récit ? Un cyprès élégant, un frêne pleureur, une épine-vinette ?

Disons un chêne vert au tronc dédoublé. Faisons un saut dans le temps, voici Montserrat et Salvador.

Fin des années soixante-dix. Nous vivons dans le Lot, non loin de Saint-Céré. Carol finit ses études à Toulouse, et revient le week-end dans notre maison merveilleuse et inchauffable, dans le hameau perché en haut d'une colline couverte de châtaigniers où je passe la semaine avec notre fille aînée, Lise, encore en bas âge. Nous avons découvert cette région grâce à Phiphi et Lulu, qui avaient acheté une grange en ruine à la rénovation de laquelle toute la bande d'amis travaillait pendant les vacances d'été. L'hiver y est un peu rude, les amis citadins ne sont plus là, la maison est inconfortable, mais cette époque reste inoubliable. Nous vivons de rien ou presque, dans les moments de tranquillité que me laisse Lise j'écris ce qui deviendra mon premier roman. En bas de la colline, dans une petite maison qui pourrait être celle d'un elfe, vivent Montse et Salva, qui vont devenir des amis très chers. Salva ressemble bel et bien à un elfe – ou à un lutin, je ne suis pas sûr de savoir faire la différence –, avec sa taille de Petit Poucet et sa longue barbe blanche. C'est un ébéniste barcelonais, qui a fui l'Espagne lors de la Retirada et s'est retrouvé enfermé au camp d'Argelès avec des dizaines de milliers de républicains. Montse est beaucoup plus jeune que lui, ils se sont connus pendant la longue marche de l'exil à travers les Pyrénées. Anarchistes l'un et l'autre, ils n'ont emporté dans leur baluchon que leur conviction indestructible qu'il faut « humaniser l'humanité », selon le fier mot d'ordre des libertaires.

Pendant la guerre, ils avaient été séparés. Montse, à peine vingt ans, s'était retrouvée du côté de Lamotte-Beuvron. Salva, après Argelès, avait été capturé par les Allemands et enrôlé de force sur un chantier naval vers Saint-Nazaire, d'où il s'était évadé et avait rejoint la Haute-Loire. Il nous disait souvent avoir été bien mieux traité par les Allemands que par les Français. Ses récits d'Argelès étaient épouvantables, il y avait vu mourir par dizaines ses camarades, de famine, de dysenterie, de froid. Après la guerre il avait travaillé dans un atelier d'ébénisterie du faubourg Saint-Antoine. Montse et lui habitaient à Montmartre, rue Ramey, et à la retraite ils s'étaient retirés dans le Lot, où ils avaient retapé la petite maison au toit de lauzes. Nous y avons passé bien des soirées, bu bien des verres et mangé bien des soupes dans le cantou où pendaient des jambons, en essayant d'imaginer par quels moyens nous finirions par humaniser cette satanée humanité. Tandis que Montse parlait un français très doux, à peine marqué de roulements et de chuintements légers, quarante ans de vie en France n'avaient pas suffi pour atténuer quelque peu l'accent spectaculaire de Salva. Plus il vieillissait, plus il parsemait ses phrases de mots en castillan, voire en catalan.

Et puis il s'est passé ce qui se passe souvent avec les amis, crois-moi sur parole. Un jour, Montse nous a annoncé qu'on lui avait diagnostiqué un cancer de l'estomac. Elle n'avait pas soixante ans. Tout est allé vite : les allers-retours à Gustave-Roussy, les traitements de plus en plus violents. Salva aurait voulu mourir à la place de sa compagne et n'arrivait pas à prononcer le mot « Villejuif » qui pourtant revenait souvent dans la conversation, ce qui donnait quelque chose, dans sa bouche, comme « Biyevouif ». Nous avons fait un voyage tous les quatre du Lot à Paris afin d'accompagner Montse pour ses dernières séances de chimiothérapie. Elle ne supportait pas les trajets qui la rendaient malade, et avait souhaité le faire avec nous, dans notre antique véhicule, plutôt qu'en ambulance. Nous avons fait une halte à Lamotte-Beuvron pour y voir la famille – plus anarchiste que jamais – et avons posé nos sacs rue Ramey. Il n'y avait plus qu'à attendre.

Montse repose sous une pierre toute simple, dans le joli cimetière de Gagnac-sur-Cère. Je conserve une image de l'enterrement : Lise, deux ans, dressée au bord de la fosse sur ses petites jambes, jetant une poignée de terre sur le cercueil, comme Salva lui avait demandé de le faire.

Comme il se doit, le vent a soufflé dans des directions différentes pour les uns et les autres. Nous avons quitté le Lot, et Salva s'est installé à Paris car il lui était trop pénible de vivre seul dans la maison au toit de lauzes. Des années plus tard, alors que je présentais un roman dans une librairie du Marais, j'ai eu la surprise de le voir débarquer avec son petit sac à dos. Je lui avais envoyé le livre, qu'il n'avait sans doute pas lu car il était je crois incapable de lire un roman en français. Il habitait alors dans une maison de retraite proche du bois de Boulogne. À quatre-vingt-dix balais, il avait traversé tout Paris à pied pour venir me saluer. Et puis Salva à son tour a décidé de prendre le large. J'ai dédié un roman à sa mémoire, et donné son nom à un personnage qui revient de temps à autre, beaucoup plus costaud et fort en gueule que l'original, mais tout aussi attaché au grand projet d'humaniser l'humanité.

Quand les chevaux du temps…

Dans le Lot, j'ai donc commencé, entre deux changements de langes, la rédaction d'un premier roman, *Les emmurés,* dans lequel tu t'étais glissée à mon insu, comme je l'ai raconté plus haut. J'avais tout mis en place dans mon existence, sans m'en rendre compte, pour n'avoir plus d'autre choix que d'écrire. Le péril salarial était imperceptible depuis ma colline d'où l'on embrassait pourtant un vaste paysage, jusqu'aux faubourgs de Souillac, à trente kilomètres au moins, au-dessus desquels on pouvait presque deviner la cheminée de la distillerie de Louis Roque, bienfaiteur de l'humanité. Je n'avais littéralement rien d'autre à faire qu'écrire, hormis la pêche dans la Cère ou la Dordogne, les visites aux amis éparpillés dans les châtaigneraies de Sousceyrac ou de Saint-Céré, les soirées chez Montse et Salva, les longues marches à travers bois avec un enfant sur le dos qui attrapait les limaces sur les feuillages et les engloutissait avec délectation. Un jour, je suis allé voir Bertrand chez une de ses amies qui vivait elle aussi dans le Lot, près de Martel. Je lui ai annoncé mon projet de roman, tout en exprimant mes doutes quant à ma capacité de le mener à son terme. Il m'a simplement demandé combien de pages j'avais écrites.

— Soixante…

— Alors tu le finiras, a-t-il décrété, sûr de lui – et j'ai compris qu'il allait falloir lui obéir.

J'ai obéi. J'ai terminé le roman. En cours de route

j'avais acheté une machine à écrire, sur les conseils de Josyane, la mère de Carol, qui m'a offert une méthode de dactylographie grâce à laquelle je tape aujourd'hui aussi vite que je parle (mais je parle plutôt lentement). Après avoir tapé les vingt premières pages de mon livre, j'ai jugé finaud de les envoyer à un éditeur, qui les lirait avec moins de réticence, pensais-je, qu'un roman entier. Je ne m'attendais pas à recevoir de réponse avant trois ou six mois, si par miracle j'en recevais une, j'avais donc tout le temps de taper la suite.

À l'époque seul le papier carbone permettait d'obtenir une copie des pages dactylographiées, voire deux si l'on n'était pas regardant sur la qualité de l'impression. Hors de question donc d'inonder l'édition parisienne avec des copies de mon texte comme on peut si facilement le faire aujourd'hui : je devais choisir un éditeur, ce qui ne fut pas difficile. Le catalogue de la maison Gallimard me paraissait à la fois de solide qualité et très éclectique, je le fréquentais beaucoup. J'appréciais plus particulièrement une collection, « Le Chemin », qui publiait Le Clézio, Guyotat, Quignard, Perros ou Réda. Elle avait été créée par Georges Lambrichs. Il dirigeait également la *NRF*, revue à laquelle j'étais abonné. C'était un transfuge de Minuit, maison dont la ligne éditoriale était plus resserrée que celle de Gallimard, et qui m'intimidait trop pour que j'ose lui adresser mon livre, à cause sans doute de Beckett et Pinget. Toutes ces raisons me firent donc choisir Georges comme unique destinataire. J'ai appris plus tard que lorsqu'il a quitté Minuit pour Gallimard à la demande de Paulhan, le contrat qu'il a signé stipulait qu'il devrait « consacrer à l'édition le meilleur de son temps ». J'ai vérifié sur mon propre contrat, la formule n'y figure pas, pourtant j'ai l'impression de la respecter à la lettre.

Je déposai en tremblant mon courrier à la poste du village. Quelques jours plus tard, le facteur m'apporta un télégramme, par lequel Georges Lambrichs m'enjoignait de lui envoyer la suite.

Je me mis aussitôt à dactylographier le reste de mon manuscrit comme un forcené en priant pour que mon possible éditeur ne change pas d'avis. Je postai l'œuvre complète, et reçus très vite un nouveau courrier, me demandant pourquoi je n'avais pas indiqué de numéro de téléphone : il fallait que l'on se parle. Or je n'avais pas de numéro à donner – ce qui est difficile à imaginer aujourd'hui. Une plaisanterie de l'époque prétendait que la moitié de la France attendait le téléphone, l'autre moitié attendait la tonalité. J'ai enfourché mon vélo et me suis précipité vers la cabine téléphonique du village voisin, jouxtant le monument aux morts. C'est là que j'ai entendu pour la première fois la voix si particulière de Georges, que Jacques Réda, quand on le lui demande, imite à la perfection : ces petites phrases venues du fond de la gorge qu'il lâchait tout en tirant sur sa bouffarde. La conversation ne fut pas très longue, d'autant que j'avais du mal à trouver mes mots. Il me pressait de venir le voir.

Peu de temps après, je franchis pour la première fois la porte quasi mythologique de la rue Sébastien-Bottin, avec l'allure hésitante et gauche du primo-romancier. Lorsque je demandai Georges à l'accueil, une femme qui se trouvait dans le hall s'approcha de moi après avoir entendu mon nom. Elle se présenta avec un beau sourire : « Je m'appelle Dominique Aury. » Elle me prit par le bras avec empressement et m'invita sans façon à m'asseoir avec elle sur les marches de l'escalier. Compagne légendaire de Jean Paulhan, elle avait longtemps fait partie du comité de lecture, et collaborait étroitement avec Georges à la revue. Il lui avait donné mon manuscrit à lire. Elle me parla du roman avec chaleur et précision. Nous restâmes un moment ainsi côte à côte sur notre marche, elle me confia ce qu'elle attendait de la littérature : simplicité, honnêteté, singularité. Elle me dit ce qu'elle avait trouvé dans mon livre, puis elle me conduisit à l'étage. Il m'est arrivé à plusieurs reprises de la revoir dans les années qui ont suivi, et chaque fois j'ai été frappé par la douceur presque angélique qui émanait de l'auteure d'*Histoire d'O*. Dans l'escalier nous croisâmes André Dhôtel, elle me le présenta, puis me fit entrer dans le bureau de la *NRF*, actuel bureau d'Antoine Gallimard, qui avait été celui de Paulhan et qu'elle occupait alors avec Georges Lambrichs et Marcel Arland. Je fis la connaissance de l'homme qui allait changer ma vie.

Ce jour-là fut le seul, je crois, où nous parlâmes beaucoup, Georges et moi. La parole n'était pas son fort, à lui non plus, mais cette première rencontre semblait le réjouir, et aussi l'amuser car je devais ressembler au ravi de la crèche. Il se montra particulièrement accueillant et loquace, et m'emmena dans un restaurant italien de la rue des Canettes. Le valpolicella que nous bûmes en remarquable quantité contribua à la gaieté du moment. De retour chez Gallimard selon une trajectoire qui n'était pas tout à fait rectiligne, il m'emmena au magasin où il commanda une pile de livres : tous ceux du « Chemin » que je n'avais pas encore lus – dont, je m'en souviens, *Comptine des Height* de Jean Lahougue, livre pour lequel l'auteur avait refusé le prix Médicis, ce qui ne lui fut pas pardonné par le milieu. J'eus des années plus tard une longue et houleuse correspondance avec Lahougue, qui a été publiée. Georges me donna aussi un de ses propres livres, *Les fines attaches*, que je lus le soir même mais dont je ne garde pas grand-chose : je vois juste un homme et une femme sur la banquette arrière d'une voiture, et le chauffeur qui met un mouchoir sur le rétroviseur pour ne pas voir ce qu'ils font.

Il me proposa aussi d'écrire une nouvelle pour la *NRF*, ce que je fis dans les semaines qui suivirent, avec beaucoup d'appréhension, ne sachant comment m'y prendre. Ma première nouvelle, et je n'arrive pas à remettre la main dessus, je me souviens juste qu'elle s'intitulait « En vue du port » – c'est Georges qui l'avait baptisée car je n'arrivais pas à le faire. Ainsi commença notre long dialogue, qui dura jusqu'à sa mort.

Lorsqu'il me donnait son avis – plutôt une sentence – sur un de mes livres ou une de mes nouvelles, il laissait tomber un ou deux adjectifs, laudatifs ou sceptiques selon les cas, en tirant quelques lentes bouffées de sa pipe, et derrière les verres épais de ses lunettes ses yeux agrandis me fixaient avec une expression indéchiffrable, entre étonnement et mélancolie. Deux mots, et l'affaire était dite. « Épatant », ou « Ça ne va pas ». Il savait que les mots souvent nous aveuglent plutôt qu'ils ne nous éclairent. Les silences de Georges, davantage que ses paroles, m'ont inquiété, tenu en alarme. Je me suis habitué à cela. J'ai appris à en ressentir le besoin.

Jusqu'à sa mort et même au-delà, tous mes romans je les ai écrits en pensant à lui, à ce qu'il ne m'en dirait pas. Il ne donnait guère de conseils. Je crois être un éditeur très différent de lui, pourtant j'ai l'impression qu'il m'a tracé la voie, et qu'il reste un modèle, notamment par l'éclectisme de ses goûts dont témoigne l'extraordinaire variété du catalogue de sa collection, où se côtoient Le Clézio et Lainé, Borel et Trassard, Lahougue et Chaillou, Butor et Macé, Bourgeade et Perros.

De temps à autre, il me manifestait son attention, sa confiance, son affection même, très simplement, très brièvement. Quand je passais le voir dans son bureau, nous ne nous disions pas grand-chose. C'était bien suffisant. Je vivais en province ou à l'étranger, mais nous nous appelions régulièrement, pour de brefs dialogues ponctués de ces silences qui furent la forme singulière de notre amitié. Je m'empressais de réclamer de ses nouvelles, pour retarder le moment où il me demanderait à quoi je travaillais. Je ne travaillais jamais assez, jamais assez bien. D'où vient que l'on se sent coupable de ne pas écrire, comme s'il s'agissait d'un devoir, d'une mission ? On écrit souvent dans l'unique but de ne pas ressentir cette culpabilité, avoue que c'est étrange.

Il disait : être éditeur, ce n'est pas conseiller, suggérer, corriger, susciter, encourager, mais connaître ce qu'on aime, et savoir dire non à ce qu'on n'aime pas. « Le Chemin » n'est pas né autrement. Savoir dire non tout en laissant la porte grande ouverte, laisser venir à soi les œuvres et se pencher sur elles.

Il était la première personne, avec Roger Grenier, que j'allais voir quand je passais à Paris. Parfois nous allions boire un verre à L'Espérance, plus rarement je venais aux déjeuners hebdomadaires qui réunissaient les auteurs du « Chemin » chez lui, rue Casimir-Périer. Le menu était immuable : des spaghettis fournis par notre hôte, et chacun était tenu d'apporter une bouteille de bordeaux.

Un jour c'est dans une chambre d'hôpital qu'il fallut lui rendre visite. Il avait subi une opération que les professionnels qualifiaient de « délabrante ». Il trouvait l'adjectif intéressant, la gourmandise des mots ne l'avait pas quitté. Il suivit de près son frère jumeau dans la tombe, et l'histoire de nos silences prit fin au cimetière du Montparnasse un jour gris de 1992, à deux pas de la belle tombe du grand cronope Julio Cortázar, que je salue en passant car ses œuvres t'auraient, j'en suis certain, enchantée. Georges continue d'être là pendant que j'écris, pendant que je lis des manuscrits. À peine un peu plus laconique.

12

Parfois je me surprends à hâter l'écriture de ces lignes, de peur d'avoir de nouveaux arbres à planter dans notre jardin. Je suis entré dans la zone des tempêtes. « Et peut-être les mâts, invitant les orages / Sont-ils de ceux qu'un vent penche sur les naufrages… » J'ai souvent eu le sentiment que les poèmes me sauvaient, comme les livres ou les chansons. *Perdus, sans mâts, sans mâts, ni fertiles îlots…* Je connais celui-ci par cœur, et bien d'autres. Même Mallarmé, réputé hermétique et cérébral, fait vibrer en moi des émotions puissantes – peut-être liées tout simplement au moment où je l'ai découvert, comme Apollinaire : peu de temps après ta mort.

Je viens de parler au téléphone avec Daniel, cet ami dont je me suis engagé à écrire l'éloge funèbre, dans le cas où le hasard ne le chargerait pas de la corvée du mien. Nous avons parlé de toi, de ce que je suis en train d'écrire, et spontanément il m'a cité un poème de Milosz qu'il aime particulièrement. Non pas Czeslaw, mais Oscar Vladislas de Lubicz-Milosz, bel écrivain lituanien. Coïncidence : Guy et Michel-Jean, que Daniel n'a pas connus, vouaient une passion à cet auteur. Guy m'avait emmené voir *Scènes de Don Juan* mis en scène et joué par Laurent Terzieff, il avait lui-même monté *Miguel Mañara* et le seul roman écrit par Milosz, *L'amoureuse initiation*, était le livre de chevet de Michel-Jean. Je te livre quelques extraits de ce poème dont le titre, déjà, devrait te plaire : « Tous les morts sont ivres ».

« Tous les morts sont ivres de pluie vieille et froide / Au cimetière étrange de Lofoten / L'horloge du dégel tictaque lointaine / Au cœur des cercueils pauvres de Lofoten (...) / Vous disparus, vous suicidés, vous lointaines / (...) Vraiment, dites-moi, dormez-vous, dormez-vous ? / (...) – Ah ! les morts, y compris ceux de Lofoten – / Les morts, les morts sont au fond moins morts que moi »...

C'est un peu ce que je te répète depuis le début de ce livre, tu vois. Cette troupe de morts si remuants, si joyeux, si vivants, et moi qui m'époumone à courir après eux.

J'évoquais Mallarmé, la brise marine, les naufrages et le chant des matelots, et j'ai perdu le fil, un mort appelant l'autre. Le prénom de Michel-Jean est revenu à plusieurs reprises dans ces pages. Il chantait, justement, d'une voix d'enfant, claire et pure. Un poème de Verlaine mis en musique par Ferré, ou la merveilleuse « Chanson tendre » de Francis Carco, et aussitôt sa voix introduisait en nous une idée simple de beauté. Elle imposait calmement son autorité pour mettre en scène nos amitiés lors de ces soirées régulières où nous nous retrouvions à l'auberge espagnole, chez les uns, chez les autres. Chacun y apportait son panier de mots et de musique. Dès le début de ce qui allait devenir un rituel perpétué durant des années, il avait été institué maître de cérémonie, sans doute en sa qualité de metteur en scène. Sous sa baguette la troupe entrait en action. L'un nous offrait un passage de Colette ou de Boulgakov, l'autre nous jetait en pâture un morceau de littérature braconné dans la semaine, une autre chantait, les yeux flambaient comme des torches, tout le monde riait et buvait. Guy était là, avec nous, dans sa voix, pour lui comme pour nous, bien après sa mort.

Il avait fallu que Guy s'efface pour que Michel-Jean apparaisse. Du vivant de Guy – j'allais dire sous le règne de Guy – son compagnon le laissait capter la lumière, et nous le voyions évoluer en arrière-plan, furtif comme une ombre, veillant à le mettre en valeur. Guy parti, Michel-Jean est apparu tel qu'en lui-même, avec ses rêves de théâtre et de poésie. Même en cela il lui était fidèle. Ils vénéraient les mêmes auteurs, et les ardeurs hispaniques de l'un avaient déteint sur l'autre : Michel-Jean à son tour respirait avec Lorca, Neruda ou Alberti. Il apportait sa touche d'onirisme fantasque, celui des auteurs de son temps, les Billetdoux, Ionesco, Beckett, Fritsch, ou encore le roi René devenu son ami, Obaldia qui à l'heure où j'écris continue de rêver, plus que centenaire, sous ses branches de sassafras. Nous sommes allés le voir ensemble à Saint-Léonard, et nous avons passé une délicieuse journée à jouer au croquet et à réciter des vers.

À la mort de Guy, Michel-Jean s'est trouvé tellement désemparé qu'il a décidé de partir. « Changer de vie, changer de corps / À quoi bon puisque c'est encore / Moi qui moi-même me trahis / Moi qui me traîne et m'éparpille »... Une destination choisie au hasard d'un dépliant touristique : Bali. Il pensait y rester dix jours, il y est resté plusieurs semaines, s'est fait construire une petite maison, a acheté une barque de pêche pour permettre à la famille qui l'avait accueilli d'être autonome, et toutes les années qui lui restaient à vivre il les a partagées entre la France et cette île lointaine.

Le monde était un théâtre dont Michel-Jean connaissait les règles et les répliques. Les acteurs étaient ses amis, et ses amis devenaient acteurs. Sur sa scène les vivants se mêlaient aux morts, les veuves noires de Billetdoux et de Jacques Voyet rôdaient parmi nous avec leurs grands yeux pleins de questions, pareilles à Romanita, épouse et modèle de Voyet, dans sa bicoque ensorcelée du Petit Montsoudun où nous allions les voir. Tous se sont retrouvés l'an dernier dans un cimetière de Touraine pour un adieu en musique à Michel-Jean. On pouvait croire qu'il manquait du monde, mais non, tout le monde était là. Ceux d'autrefois et ceux d'aujourd'hui, les vivants et les morts, Winnie – magnifiquement interprétée un soir par la sœur de Guy, Nicole – et Bernarda Alba, Laurent Terzieff et Bruno Sermonne, les personnages que Michel-Jean avait joués et ceux qu'il avait fait jouer, les grandes marionnettes noires et les derniers amis qui l'avaient soutenu indéfectiblement dans les derniers temps de solitude : David, Fabrice, Annick... Ils étaient là, nous étions là, silencieux, à le regarder s'éloigner du rivage, allongé dans une barque balinaise, les yeux grands ouverts sur le ciel couleur d'encre. Nous restons à terre encore pour quelque temps, mais nous ne tarderons pas. Il est entré dans un autre décor, dans une autre pièce. À la nuit, la nuit.

« On marche, on court, on rêve, on souffre, on penche, on tombe, / On monte. Quelle est donc cette aube ? C'est la tombe ». Ces vers des *Contemplations*, je les ai lus devant la tombe de Méziane, à Concarneau, il y a deux ans. Nos vies sont désormais une course d'un tombeau à l'autre. Pourquoi ai-je pensé à lui juste maintenant ? Je l'ignore. Si Michel-Jean était un iris noir, apte à orner un recoin silencieux et sombre de notre jardin avec ses reflets ambigus, Méziane était une rose trémière, cette fleur clocharde que j'aime, à la fois modeste et bravache, élégante sous sa robe mitée. Le mariage de Méziane et Philippe fut le premier mariage d'hommes auquel j'ai assisté, en 2013. La salle de la mairie du dixième arrondissement était pleine d'une foule joyeuse et bariolée – la même qui allait se retrouver cinq ans plus tard au funérarium du Père-Lachaise, un endroit où j'ai fini par avoir mes habitudes, puis au cimetière de Concarneau. En sortant de la salle des mariages, le cortège s'est engouffré dans les bus municipaux qui allaient nous emmener vers un restaurant situé de l'autre côté de la Seine. Quand le couple des époux est monté dans le bus, suivi d'une bande bruyante, la conductrice amusée a demandé où était la mariée ; comprenant son erreur elle a félicité le couple, et les passagers ont applaudi. Signe des temps : la loi sur le mariage homosexuel était fraîche de quelques mois, et nous avons compris qu'une page était décidément tournée dans l'histoire de nos mœurs. Méziane était un pilier d'une boîte gay du Marais, Le Tango, où après sa mort lui a été rendu un hommage particulièrement coloré. C'était un homme simple et droit, qualificatifs que j'ai déjà employés pour Roger, et ce caractère lui conférait une sorte de noblesse discrète qui éclairait ceux qui l'approchaient, comme la poésie éclaire nos vies. Il n'était dupe de rien, mais son indulgence était sans bornes. Cette noblesse, on la percevait sous les airs de mauvais garçon qu'il aimait à se donner, y compris sous son déguisement de Chantal Raclée tel qu'il figure, malicieusement collé sur une boîte de sardines de Concarneau qui trône sur mon étagère, et son abord si direct, si franc, si concret ne cherchait pas à masquer une grande délicatesse. Un ange Gavroche.

Pourquoi écrire, si ce n'est pour chercher la trace dans le vivant de ce qui n'est plus ? Parce que les vivants sont ivres de pluie vieille et froide. J'avance vers toi avec mes pauvres cadeaux, les mains pleines de terre. Ils sont si nombreux, mes morts, que tu pourrais avoir bientôt une forêt à ta disposition pour t'y promener. Ce sont des ombres de bonne compagnie. Des chênes puissants, des bouleaux menus, des pins torturés comme ceux que l'on trouve sur les côtes basque et landaise, dont les troncs harcelés sans répit par le vent du large prennent des formes souffrantes et splendides. Je ne peux pas les citer tous. Juste quelques mots encore sur certains d'entre eux, quelques mots pour revoir leurs visages et entendre leurs voix.

Il n'y a pas d'oubli, il n'y a que du silence. Certains, comme Patrick, ont traversé mes jours, à peine étaient-ils apparus que déjà ils partaient, et pourtant ils restent inscrits à jamais dans le paysage. J'ai connu Patrick en Sicile où nous étions tous deux lecteurs à l'université de Catane. C'était un être tendre et extravagant, toujours au bord de l'éruption comme l'Etna que nous contemplions le soir depuis sa terrasse, sur la *scogliera.* Nous habitions un appartement situé trois étages plus bas, sans vue sur le volcan ni sur la mer contrairement au sien, mais nos regards plongeaient sur la villa voisine, moderne, rébarbative avec ses vitres blindées et fumées, propriété disait-on d'un parrain local qui s'y terrait, sans doute en délicatesse avec ses confrères car on avait trouvé un matin son gros berger allemand empoisonné sur le paillasson, ce qui n'est paraît-il pas bon signe. Patrick parlait fort, fumait tout ce qui était fumable, buvait à jets continus du « Fuoco dell'Etna », ce vin cultivé sur les pentes de basalte qui titrait ses dix-sept degrés même avant le réchauffement climatique. Patrick chantait faux mais souvent, parlait italien avec un accent anglais car il était très snob, faisait à tout bout de champ des calembours salaces, tombait amoureux de tous les garçons qui passaient, y compris moi qui devais chaque jour écouter ses déclarations, décliner ses avances et accepter ses bouquets de fleurs – il en offrait aussi à Carol, car il était pour la paix des ménages et connaissait les bonnes manières bien qu'il en fît peu usage. Il savait trouver les recoins crapuleux, les individus équivoques et les lieux interlopes de la malavita catanaise, et affichait à l'envi les marques de sa dépravation comme autant de distinctions honorifiques. Il fréquentait un ancien amant de Pasolini, participait à des fêtes masquées dans des palais décatis. Bref c'était un garçon exquis, d'un commerce réjouissant. Nous avons beaucoup ri ensemble. J'éprouvais une grande affection pour lui, mais ses excès de tous ordres m'inquiétaient, il le savait et en jouait. Je me souviens d'un voyage accompli avec lui en voiture. Je ne sais plus pourquoi je devais convoyer ce véhicule depuis Catane jusqu'en France, en passant par Palerme. Patrick m'avait supplié de l'emmener, et j'avais fini par céder, anticipant pourtant les complications que sa compagnie allait entraîner. Le matin du départ, je le vis arriver dans un accoutrement d'explorateur, chapeau de toile kaki et foulard blanc, une gourde se balançant à sa ceinture (je comprendrais bientôt que le liquide qu'elle contenait n'avait rien à voir avec de l'eau) comme si nous partions à la conquête de zones vierges du Sahel ou de l'Amazonie. Ainsi que je le redoutais, le voyage fut ponctué de scènes mélodramatiques, de déclarations amoureuses qui montaient en chaleur à mesure que les vapeurs de whisky envahissaient l'habitacle, de caprices à répétition sous un soleil accablant, de trépignements suivis de sanglots. Chaque heure de sa vie était une scène d'opérette. Entre Gênes et Savone, sur la côte ligure, une séance de cris particulièrement aigus m'incita à piler sur une aire de stationnement dans un grand miaulement de pneus, à faire le tour de la voiture pour ouvrir sa portière et le sommer de descendre et de finir en stop le trajet jusqu'à Aix, où nous attendaient des amis. Mais Patrick connaissait les moyens de m'attendrir, et un quart d'heure plus tard nous reprenions la route ensemble, riant de nouveau, chantant de nouveau des airs de Bellini ou de Bobby Solo. L'année suivante je suis revenu vivre en France, Patrick s'est installé un temps à Rome où je l'ai vu pour la dernière fois. Il n'avait pas quarante ans quand l'alcool et le sida ont uni leurs puissances pour rabattre son infernal caquet.

13

« Où s'en va tout ça ? » répétait sans cesse le narrateur d'un roman de Jean Demélier publié au « Chemin ». « Where are all the flowers gone ? » chantaient Pete Seeger ou Marlene Dietrich, puis Francis Lemarque que j'ai connu chez Christian Pirot, tous passés de ton côté… Tu as bien dû l'entendre et la fredonner, cette chanson si belle, si douce et si mélancolique. *Qu'en saurons-nous un jour ?* Je m'étais lié d'amitié avec Francis Lemarque. Je connaissais toutes ses chansons et les avais fait connaître à mes filles. « Quand un soldat » est pour moi la plus belle chanson antimilitariste qui ait été composée et chantée. Il était venu assister à une représentation à Chaillot d'une pièce que j'avais écrite, dont Miou-Miou était l'unique interprète, et à la fin je l'avais retrouvé, il était à la fois hilare et gêné : « Je n'ai rien entendu ! » Bien que sourd comme un pot, il avait tenu à honorer mon invitation. Qu'en saurons-nous un jour ? Tant de gens sont passés, et nous n'en saurons rien de rien. Depuis que j'ai ouvert la grille de ce grand cimetière qu'est ma mémoire, je les vois sortir un par un, si nombreux que je n'en reviens pas. Des vieux, des jeunes, tous beaux, tous aimables d'une façon ou d'une autre, ils passent devant moi avec de pâles sourires et prennent souffle un moment dans mes mots avant de retourner à leur sommeil fragile.

Je viens de voir passer Lisa. Frêle et translucide comme une feuille de papier de riz. J'ai été pendant plusieurs années son éditeur chez Gallimard. Je me souviens du dernier déjeuner ensemble, à Paris. Il fallait avoir lu ses livres pour percevoir derrière son visage lisse, ses manières courtoises, ironiques et distantes, sa gentillesse de petite fille, une fêlure profonde. Ses manuscrits, je les ai lus l'un après l'autre avec étonnement, et souvent avec admiration. Elle expliquait dans l'un d'entre eux que l'idéogramme chinois signifiant « écrire » est formé d'un toit, de deux mains, et du signe qui veut dire « changer l'ordre des choses ». Comme ses personnages, Lisa tentait de mettre de l'ordre dans un réel mouvant et insaisissable. « Les rêves les plus beaux, écrivait-elle, pour devenir vrais s'exilent toujours en Chine. » Il ne s'agissait pas pour elle d'opposer, comme elle le faisait parfois malicieusement, « le non-être occidental » au « non-avoir chinois », mais d'atteindre des contrées intimes lointaines, dangereuses. Comme Marco Polo, dont le nom intervenait parfois dans ses textes y compris sous forme d'interjection, Lisa a tenté de bâtir sa vie autour d'une contrée mythique, inatteignable, un lointain intérieur. On sentait dans cette quête une douleur vraie, essentielle, qui pourtant ne rendait pas ses livres funèbres : ses phrases étaient drôles, fantasques, poétiques, insolentes de liberté. Elle osait la crudité du langage comme la cruauté des scènes (je me souviens d'un repas de mariage où l'on mangeait des bébés souris vivants, après les avoir trempés dans la sauce). La langue de Lisa prenait des formes imprévisibles, bondissantes, extravagantes, absolument personnelles ; elle donnait envie de la suivre. J'ai toujours été sensible à la grâce légèrement fêlée de cette écriture, à la folie qui se dévoilait par instants derrière les récits enfantins. Et puis elle n'a plus su où aller ni comment écrire, elle s'est laissé emporter par un coup de vent, à travers une fenêtre de Nantes. Elle avait trente-six ans. Où vont les fleurs ? Où s'en va tout ça, Annie ?

Il y a ceux qui s'accrochent. Ceux qui aiment la vie jusqu'à la dernière seconde, comme la sœur de Brillat-Savarin qui expira au cours d'un festin en prononçant cette dernière phrase : « Bâillez-moi l'entremets, je sens que je passe ! », ou le père de mon ami Richard qui eut une attaque au cours d'un repas familial et dont les derniers mots, tandis qu'on l'emportait vers l'hôpital d'où il ne devait pas revenir, furent « Gardez la blanquette au frais ! ». Leur appétit est enviable. Cavanna faisait partie de cette engeance désirante et affamée. Il t'aurait plu, je crois. Je ne l'ai pas connu longtemps, mais j'ai aimé sa façon d'être au monde. Je l'ai vu arriver un jour, château un peu branlant et pourtant fière allure, dans le hall de chez Gallimard. Nous nous étions parlé au téléphone, mais je ne l'avais jamais rencontré. Ah, la belle gueule ! Et derrière la belle gueule, le beau mec, je n'avais pas besoin de parler avec lui pour le savoir : il faisait partie de ma vie depuis longtemps. Nous étions en 2009 ou

2010. Il souhaitait parler de son prochain livre, il avait envie d'être publié dans la collection blanche. La littérature, il l'aimait viscéralement, totalement, charnellement, ce fils de ritals sans diplômes. Se retrouver dans le même catalogue que Céline et Marcel Aymé, l'idée l'enchantait. Nous nous sommes retrouvés non loin de chez Gallimard autour d'un steak tartare. La maladie lui coupait un peu l'appétit, il bouffait à peine un peu de curé entre deux gorgées de rouge, il pignochait, il était au-delà, il voulait vivre pleinement ce qui restait à vivre et ne plus faire l'aumône de son énergie aux faux-culs ni aux arrivistes. Seuls certains de ses amis d'autrefois parvenaient encore à le mettre en fureur. J'aimais sa drôlerie canaille, sa simplicité, la tendresse qu'il avait pour le monde. Il racontait la façon dont il avait rassemblé la bande de *Hara-Kiri*, un ramassis d'hurluberlus infréquentables qui ne trouvaient leur place nulle part. Il s'émerveillait, tant d'années après, de l'exceptionnelle liberté qu'ils avaient su insuffler à cette aventure de presse. « Plus forts que tout le monde, on était. Et on le savait. Ils avaient beau, ils avaient beau, les jaloux, les censeurs, les merdeux, les eunuques. (…) Vingt-cinq ans de bonheur, c'est beaucoup, c'est énorme. C'est pas humain. Nous étions bien au-delà de l'humain. Méprisés, haïs, ignorés, persécutés, rien n'y faisait. On planait loin au-dessus. »

Je me souviens de nos fous rires à l'évocation de certaines de leurs inventions. Il s'étonnait que j'en aie le souvenir (« Votre enfant est con ? Faites-en un balai ! » proclamait une page illustrée du journal, photos et mode d'emploi à l'appui. Parents, allez chercher ça sur internet, c'est toujours d'actualité). J'ai été heureux et fier de la publication de ses deux derniers livres. C'était l'ultime baroud d'un vieux sanglier, chaleureux, virulent, amoureux de la vie, des plaisirs et des mots. La description de la maladie y était parfois déchirante, mais jamais plaintive. « Tant que je pourrai écrire une ligne, je serai présent parmi les vivants. Elle ne m'aura pas. » En refermant le manuscrit, on avait le sentiment d'avoir fait quelques pas avec un type bien. Ce n'est pas tous les jours.

Dans cette bande fondatrice de *Hara-Kiri*, il y avait un autre électron libre, que j'ai davantage connu et fréquenté. Il se prénommait Maurice, c'est pourquoi on l'appelait Bob. Alias Maurice Sinet, dit Siné, dessinateur de génie. Je l'ai rencontré en 2006. Sans le connaître, j'avais publié dans *Le Monde* une tribune pour prendre sa défense contre un foutriquet qui dirigeait alors *Charlie Hebdo*, un ancien anarchiste passé comme une fleur aux ordres de Sarkozy – lequel ne s'est pas montré ingrat et lui a refilé la direction d'une grande radio publique. Ce faux-cul de grande voilure avait décidé de renvoyer Siné, un des pères fondateurs du journal, dont l'insolence l'exaspérait, sous un prétexte de pure mauvaise foi. Il avait traîné Siné devant un tribunal sur une accusation infamante d'antisémitisme, et je suis allé en tant que témoin de moralité (on aura tout vu) au procès, à Lyon. Dans la salle des témoins étaient mêlés, dans un silence glacial, le principal témoin de l'accusation, BHL (quel prodige : même quand il se tait, ce grand spécialiste des généralités laisse entendre des trémolos), et les témoins de la défense (notamment Guy Bedos, qui parvint non sans mal à dégeler l'atmosphère). Siné fut lavé de l'accusation, le procureur allant même jusqu'à se dire outré que l'on puisse déranger la justice sur une charge aussi creuse. Ce jour scella notre amitié. Il y eut appel, Siné gagna de nouveau. Il avait inventé un genre : des Mémoires rédigés à la main, agrémentés de dessins, de portraits, de vignettes coquines, de dessins coloriés ou de simples photos. Ces volumes retraçant sa vie étaient vendus en kiosque avec un grand succès. Toute une vie bien écrite, ça vous a un chien fou. Comme dit un personnage de Rabelais dans les « Propos des bien-ivres », au début de *Gargantua* : « C'est bien chié chanté ! »

Siné fut un enfant de Rabelais tendance Ravachol, un troubadour des quartiers malfamés et des drapeaux bien noirs, celui qui jouait le jaja contre les grands crus, qui ne disait jamais ce qu'il aurait fallu dire et ne votait pas où on lui disait de voter, qui dessinait comme on gueule sur une barricade – difficile à dégager, celle-là, car faite de mots, d'images, de blagues. Pas loin d'un siècle traversé à toute berzingue, sans foi ni loi, en zigzag et en vol plané, sans souci du qu'en-dira-t-on ni du chapeau de la gamine. Un tome après l'autre, de 1999 à 2015, Siné a déroulé une sorte de tapisserie de Bayeux à l'usage des malpolis et des sans-dents, un petit précis illustré de la colère sociale et des joies toutes simples. On trouvait dans ses phrases la même simplicité, la même finesse coupante que dans ses dessins. Toute une vie lancée à tous vents, pleine de boire et de déboires, de gaudrioles et de vrais combats, violente comme l'amour, douce comme l'ivresse, racontée dans le sens de la marche ou à rebrousse-poil, une vie d'amitiés, de célestes gamineries, de rages éclatantes, de provocations branques, de gueulantes discutables ou splendides, de procès gagnés et de temps bien perdu. Il en fallait, oui, du génie, pour transformer la chienlit ordinaire en perpétuelle rigolade. *Éternité de beuverie, et beuverie d'éternité.* Dans les derniers temps de sa vie, Bob se déplaçait dans un fauteuil électrique, qu'il pilotait avec une virtuosité redoutable. Un petit drapeau de corsaire flottait au-dessus du dossier.

« Et il vécut jusqu'à sa mort, en dépit des envieux », comme l'écrit Rabelais à propos d'un de ses personnages. Nous nous sommes retrouvés au funérarium du Père-Lachaise, là même où nous avions accompagné Cavanna deux ans plus tôt. Tous ses amis dessinateurs historièrent le cercueil de bois brut sur lequel trônait une bouteille de beaujolais, tandis que résonnaient les musiques qu'il avait aimées. Je me souviens d'un dessin de Jiho, je crois, dans lequel un personnage s'adressait au défunt enfermé dans la boîte : « Siné, si Dieu existe, frappe trois coups ! » Les discours d'amis se succédèrent ; le dernier, le plus revigorant, fut celui d'Edgar Morin, nonagénaire bondissant et malicieux. La compagne de Bob, la grande Catherine, lui succéda à la tête de *Siné Mensuel*, le journal qu'il avait fondé après son départ à grand fracas de *Charlie Hebdo* et qui continue depuis en son absence, contre marées et vents. Banzaï !, donc, comme concluait Siné à la fin de chacune de ses chroniques. Faisons en sorte de vivre jusqu'à notre mort, nous aussi.

J'en connais tant qui s'en allèrent... Ils me laissent les bras ballants, pleins de la stupéfaction de leur avoir survécu. Laisse-moi t'en présenter un autre. Siné et Cavanna étaient deux beaux chardons aux fleurs éclatantes, des plantes farouches et sauvages. Robert était plutôt un séquoia, en tout cas un costaud, un homme bien planté dans la terre, mains sur les hanches et regard droit, un homme à qui l'on disait tu. J'ai aimé la familiarité joyeuse de nos innombrables discussions, à Lourmarin ou à Paris, sur des sujets aussi essentiels que l'intelligence des chiens, le travail de la vigne ou celui de la phrase, la cuisine de Marguerite Duras, l'amitié de Camus, la coiffure de Simone de Beauvoir ou la quasi mythologique résistance à l'alcool de William Faulkner, dont il racontait avec une certaine admiration que lors de leurs déjeuners l'Américain pouvait se coucher sur le sol du restaurant entre deux plats pour une petite sieste réparatrice avant de repartir à l'assaut de la bouteille. Car Robert était membre de la grande famille Gallimard, il siégeait au comité de lecture lorsque j'y suis entré en 1989, et dirigeait la Pléiade. Quelques années plus tard il a quitté ses fonctions et nos rencontres n'ont dès lors plus rien eu de professionnel. Il ne supportait ni la solennité, ni les dithyrambes convenus, ni les hypocrites bienséances, et considérait toutes les affaires humaines avec un sérieux qui ne s'interdisait pas une certaine dose de goguenardise. Pour lui l'amour de la littérature n'empêchait pas la déconnade, et ce n'est pas Pantagruel qui lui aurait donné tort, lui qui s'est souvent invité dans nos controverses sur la marche du monde. Robert vivait sur un pied d'égalité avec Ivanhoé et avec Bragelonne, nageait avec aisance dans la grande Histoire au fil des pages de papier bible tranquillement tournées, des heures durant, assis sur le canapé en compagnie de Babouche, de Briffaud ou de quelque autre auguste représentant de la race canine – comme s'il avait dirigé la Pléiade pendant des années dans le seul but d'alimenter, une fois la retraite arrivée, son insatiable soif d'épopées et de grands récits. Son corps robuste, dont il n'était pas peu fier, était taillé pour les travaux de force, pour le combat à mains nues (dont il n'a pas abusé, à ma connaissance), pour le contact avec la matière. Il avait en lui la vraie modestie, qui est le contraire de l'humilité. Il tenait sa place dans le monde, sans prétention ni arrogance mais avec fermeté. Il détonnait, dans un milieu éditorial peu habitué aux arguments de bon sens qu'il savait tranquillement imposer. Il observait le monde avec équanimité, bienveillance et circonspection. Or quiconque se donne la peine d'observer ainsi la planète et ses habitants est amené, assez souvent, à se tordre de rire. Il ne s'en privait pas, et en faisait profiter ses proches. Moments délicieux sur la terrasse de Lourmarin, où Robert nous procurait quelques doses de sérénité à l'heure du whisky vespéral… Plus tard, au cours des années difficiles, nous nous sommes revus de temps à autre dans un des restaurants proches du Panthéon, en compagnie de Walter Scott et d'Alexandre Dumas. Malgré son immense amour des bêtes il n'a jamais renoncé tout à fait à croire que les humains, quand ils consentent à quelques efforts, peuvent être aussi beaux et aussi bons que les animaux. Robert sculptait le métal, il créait des personnages ou des animaux fabuleux avec des chutes d'acier, des vis, des écrous, des tiges tordues. Souvent je regarde les sculptures qu'il nous a offertes : elles lui ressemblent, pleines d'énergie et de vitalité, pleines de sensualité aussi et d'amour de la vie.

J'ai évoqué à plusieurs reprises le prénom de Roger Grenier, qui était un grand ami de Robert. Faisons un détour par le Père-Lachaise où le voyage s'est terminé pour lui aussi. Quel arbre sera-t-il dans notre jardin ? Un cyprès, peut-être, pareil à ceux que nous avons contemplés ensemble un été entre San Gimignano et Volterra, un arbre simple et droit, à l'élégance discrète. Ce cher Roger. Difficile de l'immobiliser sous des bandelettes de compliments, de caler ce virtuose de la modestie dans un sarcophage de considération.

Quand je l'ai rencontré pour la première fois, je ne savais presque rien de lui. J'ignorais par exemple ce fait essentiel : il avait été zouave. C'est un fait historique, et il n'y a nulle honte à avoir grossi les effectifs de ce corps glorieux, dont les trop fameuses culottes – tu es ma sœur, je n'insisterai pas – mirent également en valeur les anatomies de Jean Paulhan et de Raymond Queneau. On l'avait vu à Bordeaux avec sa chéchia, à la fin de la dernière guerre. Une légende prétend qu'il piquait les fesses des curés et des sœurs qui passaient à portée de baïonnette – sous le prétexte que les agents de la cinquième colonne avaient coutume de se déguiser en religieux. Jamais on ne l'aurait imaginé, à voir sa mine paisible et sage, en zouave persécuteur de nonnes, en skieur alpin, encore moins en demi de mêlée dans une équipe de rugby paloise. Et pourtant l'Histoire nous enseigne que tout cela est arrivé, et qu'il fut aussi reporter pendant la guerre civile grecque, libérateur de l'Hôtel de Ville de

Paris, auteur d'une chanson à la gloire du béret basque, chroniqueur dans un journal anarcho-trotskiste.

J'ai consulté chez Gallimard son dossier de presse. J'ai découvert une masse d'articles intransportable à dos d'homme : une vie de moine ne suffirait pas à les lire. Lui qui n'aimait rien tant que jouir de la paix silencieuse de l'anonymat, véritable incarnation de l'humilité, pessimiste dédaigneux des mirages de la gloriole médiatique, Roger aura été sans interruption couvert d'un flot de louanges et d'honneurs. Ce romancier de l'échec, représentant de la littérature des vaincus, s'est vu sans cesse infliger par la vie les démentis les plus cruels : impossible de comptabiliser les récompenses reçues, les distinctions officielles, les intronisations dans les comités et jurys les plus prestigieux, les panégyriques s'étalant à longueur de colonnes, les témoignages d'amitié ou d'admiration. L'existence de cet apologiste du ratage fut une succession de réussites.

J'ai trouvé son éloge dans les organes les plus inattendus : la *Revue de la police parisienne*, par exemple, qui saluait en 1953 *Les monstres* comme « un livre d'une grande valeur morale et humaine », ou *Actuel* qui, sous la plume d'une certaine Hima la Hyène, affirmait que « Roger Grenier est le plus grand écrivain français vivant », et que « si le prix Goncourt valait mieux que tripette, il faudrait le lui décerner chaque année par principe ».

Mais ce sont des apparences. Annie, nous savons bien ce que vaudra dans la balance cette écume mirobolante, au jour de la dernière pesée. « Ne pas mentir quand on écrit », telle était son unique morale. Son écriture éclairait les êtres d'une lumière à la fois ténue et acide : cette lumière, ce n'est peut-être pas la vérité, mais c'est déjà l'absence de mensonge. Elle est rassurante comme la veilleuse qui reste allumée toute la nuit dans la chambre des enfants. Pour lui, comme pour Pavese, Fitzgerald ou Tchekhov, ses auteurs de chevet, la littérature était une réponse aux offenses de la vie. Rien ne lui était plus étranger que le sarcasme nihiliste ; rien plus proche que l'anarchisme bienveillant de son ami Louis Guilloux. Voilà ce qui chez lui forçait l'estime : une disposition fraternelle alliée à une ironie parfois mordante tournée souvent contre lui-même, une compassion discrète, une façon de partager le poids des erreurs, de la bêtise, de la mesquinerie, de l'insatisfaction, lot des frères humains. « Les hommes meurent, et ils ne sont pas heureux », dit Camus. Reste, alors, un poudroiement de particularités amusantes, émouvantes, consternantes, où en bon romancier il puisait. Comme le personnage du *Voyage d'hiver* de Franz Schubert, nous errons dans la nuit à la recherche d'une auberge, et nous ne trouvons qu'un cimetière. Cela pourrait être simplement affreux si, comme dans chacun de ses récits, une petite musique de vielle, une lueur inespérée ne venaient de temps à autre nous rappeler que nous ne sommes pas irrémédiablement seuls.

En exergue à son récit intitulé *Un air de famille*, Roger citait justement Schubert : « Ce que le chagrin produit me donne le dernier plaisir de ce monde. » Toute littérature est faite avec du chagrin. Pour autant, ce n'est pas du chagrin qu'elle cherche à susciter, mais une forme de paix, un accord, un plaisir. Il observait des êtres qui souffrent, des êtres accablés par leur propre médiocrité, il décrivait la rêveuse petite-bourgeoisie provinciale pleine d'illusions que la vie écrabouille, recroquevillée sur des rêves de plus en plus inconsistants. Mais on ne trouve, dans ces portraits souvent ironiques, pas la moindre trace de méchanceté ; on entend au contraire toujours cette voix qui nous dit : « Allons, tout cela n'est pas si grave. » Aucun geste accompli par ses personnages, même au plus sombre de leur vie, ne paraît vain, et en refermant *Le Palais d'Hiver* ou *Partita*, malgré la tristesse qui s'y déploie, on se sent apaisé et plus fort. Malgré leurs faiblesses, leurs petitesses, leurs lâchetés, les personnages restent toujours dignes de compréhension.

Je ne peux parler de Roger sans évoquer certains moments passés ensemble, depuis la première visite qu'il m'a rendue en 1980 dans la soute où je signais le service de presse de mon premier roman. Je me souviens d'un voyage dans une Lincoln blanche vaste comme une péniche, qui filait le long du Saint-Laurent entre Québec et Montréal. La voiture tanguait doucement, Roger chantait « Ma pomme » en imitant Maurice Chevalier… Comment ne pas rappeler aussi un joyeux déjeuner du côté de Sancerre, nos vacances en Toscane avec Nicole, ou nos colloques furtifs, chez Gallimard, au cours desquels nous échangions nos silences et nos plus mauvais jeux de mots ? Il parlait de sa mère, qui tenait un magasin de lunettes à Pau, en l'appelant *la dame opticien*. Voilà qui ne manquera pas de jeter un éclairage freudien sur la vénération particulière qu'il vouait à Tchekhov. Dans ces moments, son visage s'éclairait brusquement, ses yeux se plissaient, et il laissait fuser un rire minuscule, un rire de presque silence.

« Charme d'être avec Roger : l'amitié d'eau calme », écrit Claude Roy dans *Le rivage des jours.* J'aurai fait route avec lui pendant plus de la moitié de ma vie, sans le voir changer : toujours le même regard espiègle derrière les lunettes, le petit sourire modeste de celui qui a tout compris mais n'en tire nulle gloire. Sans doute y avait-il, dans le placard de son bureau, un portrait de Dorian Grenier qui vieillissait à sa place.

Celui qui le fréquentait avait souvent le sentiment d'être sourd et aveugle, tant sa capacité d'observation tenait du prodige. Là où mon cerveau, mes yeux, mes oreilles s'efforçaient de dégager quelque chose qui voulait ressembler à un sens, son esprit voletait d'un point à l'autre, grappillait comme un moineau, inlassablement, sans se soucier des hiérarchies de la raison ou de la morale. On ne s'appelle pas Grenier pour rien : sa mémoire était un antre d'Ali Baba où s'entassaient les anecdotes, les citations, les portraits, les esquisses. Pascal Pia, parlant des milliers de poèmes qu'il connaissait par cœur, disait : « Ce sont mes fêtes », en citant Rutebeuf. Roger ne collectionnait pas les vers, mais les vies humaines. Impossible de prononcer devant lui un nom propre ayant quelque rapport avec le monde littéraire ou journalistique de ces cinquante dernières années, fût-ce celui du plus obscur grouillot de *France-Soir,* de la concierge de Gaston Gallimard ou de la nièce du chanoine Kir, sans qu'il raconte immédiatement une histoire, de préférence comique, concernant le personnage en question, ses enfants, ses chats, ses cors au pied ou ses perruches. Comme je lui faisais part, un jour, de mon admiration devant une telle pantagruélique faculté d'absorption, il me répondit, avec ce sourire qui a fait fondre tant de jeunes femmes : « C'est vrai, ma mémoire est bonne. Mais je ne retiens que les conneries. » Louées soient ces conneries, grâce auxquelles on ne s'ennuyait jamais en sa présence. Louées soient-elles, qui savaient si bien nous distraire de l'autre connerie, la vraie, la grande, la fatale, celle qui répand dans ses livres son parfum d'amande amère et de terre retournée. Loués soient ces petits éclats de vie qu'il amassait pour notre instruction et pour notre plaisir : ce sont nos fêtes.

Mais puisque nous sommes dans les parages de la rue Gallimard, je voudrais faire un signe pour toi à un homme splendide, Jorge, que j'ai connu non par ses livres, mais d'abord par nos attaches communes avec Sarajevo et avec Francis Bueb.

Bref retour en arrière. En avril 1992 commençait le siège atroce de Sarajevo, dans l'indifférence de la prétendue communauté des nations. Deux ans plus tard un Français, Francis Bueb, apporta dans la ville assiégée une simple idée. Pas de celles qui volettent dans les pages des journaux ou des revues pour s'évanouir en quelques minutes dans nos consciences assoupies : une idée faite de chair, de révolte et de foi. L'Europe était là, dans ce geste d'un homme seul qui proposait des rations de survie spirituelle à une population exsangue. Il avait compris que les Sarajéviens n'avaient pas seulement besoin de protéines et d'eau potable, mais aussi d'art et de pensée. Francis ouvrit un lieu, sorte de galerie-librairie, où il exposa des œuvres, fit venir à travers les lignes serbes des photographes, des écrivains, des comédiens, des cinéastes, des chanteurs. Ils s'appelaient Juan Goytisolo, Erri De Luca, Gérard Rondeau, Jean-Luc Godard, Jane Birkin, Svetlana Alexievitch, Orhan Pamuk, Guillaume Depardieu, Jacques Higelin, Enki Bilal, Predrag Matvejević, André Brink, Michael Cimino, Robert McLiam Wilson, Colum McCann, Boualem Sansal, Zlatko Dizdarević, et bien d'autres, leurs noms formèrent à partir de 1994 une chaîne sans fin et à toute épreuve. Nous nous retrouvions sur la terrasse de la Dompolicje, au fil des journées et des nuits. Ce bar-restaurant était situé au-dessus du jardin public que le siège a transformé en cimetière.

Francis Bueb fit beaucoup mieux que ce premier geste : il resta après la guerre. Pendant vingt ans il vécut à Sarajevo, et là est sans doute le véritable héroïsme. Avec l'équipe de Bosniaques qui l'avait immédiatement accompagné (Ziba, Azra, Visnja, Elma, Timka, Ajda, Stanko et les autres, sans oublier Rusmir, qui vient de m'écrire à propos de sa lecture de mon livre qu'il en a encore « le cœur tremblant » – et j'aime savoir, Annie, que là-bas un cœur tremble pour toi), il fit du centre André-Malraux un foyer essentiel de la vie culturelle et de la présence française en Bosnie-Herzégovine. Pendant vingt ans j'ai fait partie de l'association qui gérait le centre et organisait chaque année des Rencontres européennes du livre qui réunissaient à Sarajevo des écrivains et artistes du monde entier. Jorge a présidé l'association pendant plusieurs années.

Il avait intitulé un de ses livres *Adieu, vive clarté*,

empruntant à Baudelaire un vers chargé de mélancolie et de regret. Or rien ne fut plus étranger à Jorge que ces sentiments. Il fuyait la mélancolie, détestait les regrets. La clarté dont il est question dans sa vie et dans ses livres n'est pas celle de l'été qui s'enfuit, des doux souvenirs de l'enfance, du sourire de la mère ou des yeux de l'amante : c'est la clarté étincelante du four crématoire.

Jamais Jorge ne s'est laissé aller à la délectation passive du « je me souviens ». S'il fouillait sa mémoire, c'était pour comprendre et construire le présent. Il écrivait : « Toute mon imagination narrative a semblé aimantée par le soleil aride de Buchenwald, rougeoyant comme la flamme du crématoire. Même dans les récits les plus éloignés de l'expérience personnelle, où tout était vrai parce que je l'avais inventé et non parce que je l'avais vécu, le foyer ancien était à l'œuvre, incandescent ou couvant sous la cendre. »

Dans la clarté de cette flamme il avançait d'un pas décidé. Il n'était pas fait pour les apitoiements, lui qui avait bâti sa vie dans la fraternité des suppliciés. La lumière de Buchenwald éclaire encore l'Europe d'aujourd'hui. Jorge aurait voulu que l'on créât dans ce camp un lieu de réflexion et de rencontres pour l'Europe de demain. Il se souvenait que le camp, après avoir été libéré par les Américains, fut utilisé par les Russes pour y enfermer leurs prisonniers politiques. Quand les tours jumelles s'effondrèrent à New York, Jorge remarqua que la puanteur qui se répandait sur la ville était la même que celle des fours crématoires : c'était « l'odeur de la guerre totalitaire que la vieille Europe connaissait déjà, et contre laquelle elle avait entrepris la remarquable tâche de la construction d'une communauté supranationale d'États indépendants ».

Jorge se reconnaissait dans l'aventure du centre André-Malraux. L'Europe fut son dernier combat, celui pour lequel il retrouvait l'enthousiasme des anciennes batailles. Son Europe n'était pas celle de Bruxelles, des règlements administratifs ou des quotas laitiers : c'était l'Europe de la dissidence et de la jeunesse, celle de Havel, de Michnik, de Konrad, celle de Jan Patocka qu'il considérait comme le penseur fondamental de la civilisation européenne. Sans doute l'attachement particulier de Jorge à la capitale bosniaque venait-il de la conviction que nulle part l'Europe ne pouvait trouver un laboratoire mieux à la mesure de ses rêves, puisque nulle part, depuis Buchenwald, l'Europe n'avait aussi concrètement qu'à Sarajevo expérimenté le cauchemar des folies nationalistes.

De cette flamme il tirait l'énergie de son rire clair, inattendu dans ce visage sombre et déterminé. Car il aimait la vie et le rire, les conversations rapides, la légèreté, le mouvement. Il avait horreur de s'attarder. Quand venait le moment de parler, de prendre position, il ne traînait pas : sa parole sonnait juste, elle sonnait clair.

Pour rester encore un moment en Bosnie, je voudrais te parler d'un mort un peu particulier. On l'appelait « Le Vieux », ce n'était pas un homme mais un pont.

Irréparable. S'agissant des Balkans, le mot s'est imposé aux consciences européennes à partir de l'été 1991. Irréparables, les massacres de Vukovar, Gorazde, Bihac, Srebrenica, Sarajevo et de tant d'autres villes ou villages. Irréparables, la destruction des mosquées et le bombardement de la grande bibliothèque, avec ses millions de livres partis en fumée. Irréparables la séparation des communautés, les déplacements massifs, l'exil de la jeunesse, le déchirement des familles, les deuils innombrables, les viols et les tortures, la perte de tout espoir de justice. Irréparable le démembrement d'un pays d'Europe. Irréparables les mémoires des habitants de la capitale bosniaque, déchirées par quatre ans de siège et de solitude. Irréparables, les dégâts causés par la propagation de la maladie nationaliste. Irréparable la honte d'une « communauté des nations » qui jour après jour, mois après mois, année après année, s'évertua à fermer les yeux et à croiser les bras quand ses « résolutions » étaient violées l'une après l'autre, ses soldats pris en otage, et exterminées les populations civiles qui s'étaient placées sous sa protection dans des zones dites de sécurité.

La chute du pont de Mostar, en novembre 1993, qui reliait les parties chrétienne et musulmane de la ville, contribua fortement à installer la certitude de l'irréparable. J'ignore où se trouve aujourd'hui l'officier responsable de la destruction du pont que les habitants de la ville appelaient affectueusement « Le Vieux ». J'ignore quels sentiments cet homme suscite dans le pays : haine, mépris, découragement, admiration. J'ignore si l'artilleur qui a exécuté l'ordre regrette son geste, ou si soir après soir il rumine dans quelque arrière-salle de café, en compagnie de congénères pleins de rancœur, des justifications et des menaces. Ce que je sais, c'est que ce n'est pas un pont qui a été abattu en novembre 1993. C'est la conviction qu'il existe des valeurs supérieures aux valeurs nationales et aux particularismes ethniques ; c'est la certitude qu'il est possible de construire des liens par-dessus les fossés culturels ou religieux dont les hommes depuis toujours aiment à s'entourer.

On a pu croire, alors, que rien n'arrêterait cette force implacable, cet archaïque désir de détruire les traces d'un passé non conforme – car le pont, fierté de la ville, n'aurait pas été saccagé avec une telle passion chrétienne s'il n'avait pas porté la marque évidente du génie architectural ottoman.

Aux fureurs concrètes des champs de bataille se superposèrent les fureurs abstraites d'une partie des opinions publiques. Le saccage de l'Europe du Sud-Est, malgré l'apparente indifférence qu'illustrait la paralysie des forces d'intervention internationales, soulevait une émotion où se mêlaient l'horreur, la colère, et un sentiment d'impuissance devant ce gâchis.

Pourtant rien dans l'histoire des hommes n'est irréparable. La réconciliation franco-allemande, quelques années après la fin d'un conflit séculaire qui avait atteint des paroxysmes d'atrocité, est un exemple de cette constante humaine : nous reconstruisons avec ardeur ce que nous avons pris tant de soin à détruire. La guerre d'ex-Yougoslavie pourrait ainsi connaître des retentissements positifs inattendus. Elle a posé avec brutalité aux Européens la double question de la nature et de l'avenir de leur union. L'inertie de leurs forces communes, leur incapacité à répondre efficacement et dignement à une situation de crise les a placés dans l'obligation de mieux se définir. Quelle sorte de démocrates sommes-nous, si nous laissons au cœur de notre Europe se développer l'idéologie de la purification ethnique ? Quels sont les fondements d'une union qui, hors du champ économique, se révèle sans repères ni volonté ?

Le pont a été reconstruit. Et il l'a été en prenant en compte les dimensions symboliques et charnelles de l'ouvrage d'art. Il ne s'agissait pas seulement de redresser un monument, mais de faire renaître une culture d'échanges et de partage entre les deux parties de la ville, la chrétienne et la musulmane – symboliquement, deux parties du monde. Il y a fallu beaucoup de patience, d'obstination, de clairvoyance et une grande vigueur morale. Il ne s'agissait pas ici de rétablir la circulation des touristes entre les deux rives de la Neretva. Il fallait à la fois restaurer une mémoire et rendre possible un futur. Faire du « nouveau vieux pont » une fierté pour la population, indépendamment des appartenances religieuses ou ethniques : grâce au travail de compréhension effectué par les artisans du chantier et par les habitants, qui ont pris le temps de retrouver les techniques et les outils oubliés, le génie civil s'est mué en génie civique. Predrag Matvejević, autre grand disparu, habitué des Rencontres de Sarajevo, évoquait le Vieux avec passion, il se souvenait de son enfance où, comme tous les gamins de Mostar, il sautait depuis le parapet dans l'eau verte de la Neretva, comme leurs pères et leurs grands-pères avaient coutume de le faire. Je ne suis pas retourné à Mostar en été, et j'ignore si de tels plongeons spectaculaires sont revenus dans l'usage. Il est à craindre que les prudentes habitudes de la prudente Europe ne se soient imposées à la Bosnie renaissante, et que des pancartes sécuritaires n'aient été placées pour interdire la perpétuation de cette tradition. Sacro-sainte sécurité, au nom de laquelle la sage Europe laissa naguère l'ombre du Vieux s'effondrer sur l'ancienne Yougoslavie.

14

Je veux pour finir te ramener dans le cercle des intimes, de ces morts qui n'ont pas eu de destin public, ne sont jamais devenus glorieux et n'en tiennent pas moins une place considérable dans mon petit panthéon portatif. Où que je regarde, l'amitié est partout, essentielle, vitale, elle forme autour de moi un halo bienfaisant, je lui ai consacré beaucoup d'énergie, d'attention. Guy me disait que l'amitié est comme une plante : on doit lui prodiguer des soins constants, l'arroser quand c'est nécessaire, la préserver du soleil ou de l'ombre sous peine de la voir se flétrir. Elle n'est pas donnée une fois pour toutes, pas plus que l'amour ; comme l'amour elle est le fruit du travail et de la patience. J'aurais pu te raconter mes morts dans l'ordre de leur disparition, mais ils ont déboulé à la va-comme-je-te-pousse, sans souci de la chronologie ni de la géographie. Ils ont été trop clairsemés, déjà le vent les a ôtés… Maintenant il faut bien finir, j'en laisserai certains dans la pénombre, sans doute, mais l'important est de montrer qu'ils sont bien là, qu'ils nous regardent, qu'ils nous aident. Dans notre jardin il reste de la place pour ceux qui vont arriver, et pour moi quand le moment sera venu, pour peu que quelqu'un se souvienne.

L'amitié surgit comme le vent, elle souffle où et quand elle veut. Un jour, notre ami Alain a débarqué dans la maison où nous venions d'emménager, dans une vieille rue pavée proche de la cathédrale. Il nous a appris qu'il connaissait bien un de nos voisins. Celui-ci habitait une grande maison, à deux numéros de là, et Alain s'est proposé de nous le présenter. Rendez-vous pris, nous avons traversé la rue, et frappé au portail du 4 bis (nous logions au numéro 3). Nous ignorions encore que ce trajet entre le 3 et le 4 bis nous le ferions dans un sens et dans l'autre des dizaines de fois, des centaines peut-être, au cours des quinze années suivantes.

Sans doute avais-je accepté la proposition d'Alain car ce qu'il m'avait révélé sur la proximité de Jean-Michel avec Valère Novarina m'avait intrigué. Beaucoup de choses semblaient nous séparer, Jean-Michel et nous. Il avait pignon sur rue dans la bourgeoisie tourangelle, avait des convictions en apparence éloignées des nôtres, et pourtant nous nous sommes immédiatement trouvés, dès la première rencontre. Christine, la compagne de Jean-Michel, était absente ce jour-là, elle voyageait comme souvent en Chine, sa terre d'élection. Jean-Michel a passé le début de la soirée à répéter qu'il ne souhaitait pas entretenir de relations avec ses voisins, que cela avait toujours été ainsi, où qu'il habitât, et en réponse j'ai multiplié les déclarations sur mon tempérament indépendant, mon amour de la solitude, mon dédain des mondanités. Et pourtant, malgré nos défenses, nous avons été pris par le charme de la connivence qui s'est installée immédiatement. Nous nous découvrions un même amour des mots et du vin, de la musique, de la Loire, de la chanson – et nous en aurons eu par la suite, des fous rires, en chantant ensemble des chansons d'Yvette Guilbert ou de Bernard Dimey. Il y avait chez lui un fond réfractaire, qui m'a plu dans l'instant. Dès le retour de Christine nous nous sommes revus pour le premier d'une très longue série de dîners.

Un jour, lors d'une de nos innombrables soirées, Jean-Michel a coiffé un couvre-chef afghan qui le faisait – très vaguement – ressembler au commandant Massoud, le Lion du Panshir, un *pakol* qu'il avait rapporté d'un voyage avec Christine sur la route de la soie. Il y a gagné pour l'éternité le surnom de Lion, bien qu'il fût difficile d'imaginer un homme moins tendu que lui vers les exploits guerriers. Si sa crinière un jour roussit, ce n'est pas au feu des combats mais lorsqu'il se pencha imprudemment à l'ouverture d'un four à pain pour vérifier la cuisson d'un gigot. Son Panshir était tout sauf aride. On n'y entendait pas le crépitement des mitrailleuses mais celui de nos applaudissements à l'écoute des répliques rapides ou des refrains inattendus qui voltigeaient au-dessus de la table de nos festins. Jean-Michel était aussi un solide cuisinier, et la cave du 4 bis, vaste crypte de tuffeau profondément enfouie sous l'emplacement de l'ancien cirque gallo-romain, était approvisionnée généreusement chaque année en chinon et en vouvray. Les bouteilles y formaient des tas rassurants dont des ardoises indiquaient le millésime à la craie ; et année après année nous avons éclusé ces stocks bienfaisants, les flacons les plus anciens bénéficiant de l'appellation on ne peut plus explicite de « Faut-le-Boire ». Son Panshir, c'était la prairie joyeuse et verdoyante de l'amitié et du plaisir de vivre. Il participait, bien entendu, avec Christine, aux soirées que j'ai évoquées plus haut, où Michel-Jean jouait le rôle de maître de cérémonie. Il collectionnait les passions : l'aviation, la cuisine, la soie, la musique, le vin, les voitures anciennes, la science. La vie.

« Car y a-t-il rien qui vous élève comme d'avoir aimé un mort ou une morte »... Qui sait dans quelle savane le vieux Lion est parti promener sa crinière. Son cœur était ouvert comme sa table. Il avait la sagesse d'accepter la vie telle qu'elle venait, avec ses bonheurs et ses deuils, sans révolte ni colère, et son scepticisme avisé le préservait de toute vaine exaltation. La seule rage que nous lui connaissions se dirigeait vers l'institution scolaire, qui n'avait pas su discerner chez lui le formidable appétit de connaissance dont nous étions admiratifs, car sa curiosité était permanente et sans limites, et il nous stupéfiait par son érudition protéiforme d'autodidacte. Nous admirions aussi la pondération de ses jugements sur autrui. L'important était pour lui de préserver l'harmonie de l'univers qu'il avait peu à peu mis en place, avec Malou, sa première femme morte précocement, avec Christine, avec ses fils et leurs familles, avec ses amis qu'il ne choisissait pas à la légère. Tout cela formait autour de lui une constellation délicate et débonnaire. Il était pour nous tous un repère. Son amitié était une fête paisible – mais il m'est impossible d'en parler au passé car elle n'aura pas de fin. Nous continuerons à lever nos verres dans la chaleur de la présence du Lion, et en portant nos yeux vers les nuages nous verrons encore se balancer au-dessus de nos têtes les ailes de son petit avion, son fameux Mousquetaire, comme lorsqu'il longeait la vallée de la Claise pour venir nous saluer, jadis, aux temps heureux.

Il m'est arrivé, il m'arrive même de plus en plus souvent par la force des choses, de me faire des amis plus jeunes que moi. C'est une tendance qui s'est inversée au fil des ans, car très jeune j'ai aimé les vieux, et choisi mes amis selon le précepte qu'Yvette Guilbert adressait aux demoiselles dans un autre contexte : « Prenez des vieux / Ils ont plus de délicatesse / Le goût des vieux / Est toujours si plein de justesse »... Je me souviens d'un déjeuner avec Hector Bianciotti où il me dit de but en blanc, avec sa voix mélodieuse qui charriait des « r » liquides : « Je parrrie que vos amis sont plus vieux que vous. » Je confirmai, et il approuva mon goût, estimant que rechercher la compagnie des gens plus âgés est un signe d'intelligence. Dans mon cas rien n'est moins certain, et quoi qu'il en soit celui qui fait ce choix court le risque de voir s'agrandir un peu vite la troupe des morts aimés. Il serait plus sage de choisir ses amis au berceau.

Un vieux de la vieille, c'était le père François. Quand je l'ai connu, je devais avoir dix-sept ou dix-huit ans, lui cinquante de plus. Ma mère, qui l'avait rencontré dans le cadre de son travail, nous avait mis en relation. Le père François – je l'appelais ainsi mais François était son nom de famille – était un personnage singulier. Ancien représentant en vins, il avait passé sa vie à sillonner la France. De ce travail commercial, il ne parlait jamais. De semaine en semaine, de petit hôtel en petit hôtel, de restaurant en restaurant où il commandait la formule du jour sans porter le moindre intérêt à ce que contenait son assiette, il avait suivi le fil d'une carrière sans éclat depuis l'embauche jusqu'à la retraite. On ne lui connaissait pas de femme, pas de liaisons, pas d'enfants, pas d'amis. Mais une passion : la littérature. Tout son temps libre, il le passait à lire. C'est pour cette raison que je tiens à te le faire connaître.

Arrivé sans accident notable à l'âge de la retraite, le père François fit un double constat. D'un côté il allait pouvoir se livrer sans retenue à sa passion de la lecture. C'était la bonne nouvelle. La mauvaise, c'est qu'il se rendit compte très vite qu'il avait oublié d'apprendre à se faire cuire un œuf. Il était incapable de faire face aux mille obligations de la vie matérielle – faire des courses, changer une ampoule, déboucher un évier, passer l'aspirateur, laver son linge, se nourrir – et si jusque-là son salaire modeste mais convenable lui avait permis de faire appel pour ces tâches à des mains mercenaires, désormais le montant de sa retraite le contraignait à renoncer à de telles dépenses. Et puis il préférait relire *Guerre et Paix* pour la quinzième fois, plutôt que de se soucier de ces négligeables détails. Voilà pourquoi il demanda conseil à notre mère pour choisir une maison de retraite. Elle l'aida volontiers, car il lui était très sympathique, avec sa voix lente et grave, son air de hibou déplumé, ses manteaux trop grands et ses sourcils en friche. L'établissement avait le bon goût de ne pas s'appeler « Les

Feuilles mortes », contrairement à celui que j'ai découvert un hiver en partant visiter la maison de George Sand à Gargilesse, alors que je traversais un plateau désolé de la Creuse, entouré de labours à perte de vue. Celui où s'installa le père François était situé dans un petit bois, à deux kilomètres d'un village de Touraine – les maisons de retraite en ville étaient trop onéreuses pour sa bourse. De toute façon, il n'avait pas l'intention de beaucoup quitter sa chambre, hormis pour les repas et la promenade quotidienne dans le bosquet. L'essentiel était d'avoir obtenu l'autorisation d'emménager avec tous ses livres. Maman, craignant que cet homme encore jeune – il avait à peine plus de soixante ans ! – ne sombre dans la dépression et l'ennui, m'avait demandé si j'accepterais d'aller parler littérature avec lui de temps à autre. C'est ainsi que nous débarquâmes, Carol et moi, dans cette petite chambre aux murs entièrement tapissés de livres. Il avait une passion presque exclusive pour le dix-neuvième siècle, français et russe de préférence. Durant toute sa vie, il avait acheté des livres qu'il faisait relier sous des couvertures toilées, havane pour les Russes, rouge pour les Français. Nous prîmes l'habitude de venir le voir régulièrement. Il attendait avec impatience nos visites, les relations sociales avec ses codétenus se limitant à un salut dans les couloirs ou à l'entrée du réfectoire où il prenait ses repas en vitesse, à une place isolée dès qu'il le pouvait. Pour la plupart bien plus âgés que lui et limitant leurs lectures aux faits divers et à la rubrique nécrologique de *La Nouvelle République du Centre-Ouest,* ils ne suscitaient chez lui que pitié ou agacement : il avalait sa pitance et vite remontait retrouver ses vrais compagnons, le prince Mychkine, Frédéric Moreau, Pierre Bezoukhov, Alexis Vronski ou Eugène de Rastignac.

Nous déjeunions avec lui derrière un paravent, afin de nous éviter la vue de ce qu'il appelait la mangeoire. L'après-midi nous allions au village boire un chocolat et manger des brioches. Il nous considérait comme ses enfants et débordait de bonheur à l'annonce de nos visites. Parfois nous allions à Tours voir un film et lui faisions rencontrer nos camarades ; il s'émerveillait de notre jeunesse, de notre insouciance. Nous allions ensuite dans un bar parler du film ; il était très impressionnable mais très fin dans ses analyses. Puis nous sommes partis vivre dans d'autres contrées, mais à chacun de nos passages en Touraine nous allions le voir, et jusqu'à sa mort, une quinzaine d'années plus tard, nous avons inlassablement débattu, sans pouvoir nous accorder, autour de cette question fondamentale : Tolstoï était-il un meilleur écrivain que Dostoïevski ? À l'époque, avec ma culture lacunaire et ma présomption post-adolescente, je tenais *Crime et châtiment* pour le plus grand livre de la littérature russe et ne supportais pas que l'on mette en doute cette vérité, tandis que le père François se montrait formel : *Anna Karénine* était *le* chef-d'œuvre indépassable de tous les temps. Sur Balzac, Tourgueniev, Tchekhov ou Flaubert nous pouvions tomber d'accord, mais la controverse sur Léon et Fiodor n'a jamais trouvé de conclusion, elle était devenue un jeu, presque un rituel, comme sa phrase d'accueil immuable à notre arrivée, qu'il prononçait tout en serrant nos mains entre les siennes : « Mes enfants, vous n'imaginez pas le plaisir que vous me faites ! »

Je pense à lui très souvent, pour une raison simple. À l'instant où j'écris ces lignes, j'ai sous les yeux les volumes reliés en toile rouge ou havane dont j'ai hérité à la mort du père François. Placés côte à côte, Raskolnikov et Anna Karénine fraternisent en silence, tandis que la vie des morts palpite intensément sur les rayons de la bibliothèque, dans le petit studio où Daniel a la bonté de m'héberger quand je m'isole pour écrire, comme c'est le cas en ce moment. Ce studio m'a appartenu, il y a très longtemps. Quand j'ai dû le vendre, mon ami s'est proposé de l'acheter pour en faire son bureau dans la journée ; je pourrais continuer d'y dormir chaque semaine lors de mes séjours parisiens. Cet accord tient depuis vingt-cinq ans. La bibliothèque est restée en place, avec les livres du père François, et le souvenir de Guy qui était venu m'assister quand j'y faisais quelques travaux juste après l'achat, et dont l'aide avait consisté à me faire des commentaires et à déclamer des vers, allongé dans le canapé que j'avais tiré au milieu de la pièce tandis que je trimais à refaire les murs.

Ni plus jeune, ni plus vieux, Pierre avait mon âge. Pierre était un vigneron d'exception. J'étais un familier de sa cave de la Chevalerie à Restigné, près de Bourgueil, un hectare sous terre, à l'entrée de laquelle il attendait ses visiteurs avec son visage réjoui, sa voix tendre, son rire qui jaillissait à tout propos comme une fontaine. Pierre était l'incarnation de l'esprit pantagruélique : l'humanité même. Mieux que personne il a su faire chanter le cabernet franc dans nos verres et dans nos cœurs. Je lui dois le titre d'un livre : *Descente au paradis*. C'est avec ces mots qu'il engageait ses visiteurs à descendre l'escalier pour rejoindre l'immense cathédrale de tuffeau dont il était le prêtre joyeux. Le soir, une fois tout le monde parti, il passait un long moment, à la façon d'un moine zen, à effacer les traces laissées par les pas des visiteurs sur le sable qui couvrait le sol, afin que le matin suivant offre aux nouveaux venus la vue d'un lieu intact et le plaisir d'imprimer à leur tour la marque de leur passage, comme des montagnards sur une étendue de neige fraîche. Les bons jours, quand Pierrot était en verve et que nous étions prêts à en découdre, il nous entraînait dans des verticales vertigineuses, qui nous amenaient au milieu de la nuit, de tonneau en tonneau, jusqu'au petit caveau bas de plafond caché tout au fond de la cathédrale. Là, assis sur des pierres comme des hommes de Cro-Magnon, nous dégustions les flacons qu'il allait chercher sous le sable, fruit de vendanges dont certaines dataient de la fin du dix-neuvième siècle, remplies d'un vin de taffetas encore frais et gaillard que l'atmosphère parfaitement isotherme du lieu avait porté sans encombre jusqu'à nos lèvres. Allez savoir pourquoi, je vois quelque similitude entre les empilements de bouteilles qui ponctuaient l'enfilade des arcades de tuffeau de la cave de Pierre et la bibliothèque du père François. Que de souvenirs dans ces lieux, que de moments heureux et profonds… À l'abri du jour et de ses tracas, nous passions là des heures sans minutes, délivrés du temps.

Yannick était plus effacé. Ses sculptures et ses dessins laissaient de fines traces de vie à la surface du réel, discrètement déposées au hasard de la rencontre avec un matériau, avec un moment, avec un désir. Il procédait par touches légères, comme si son geste devait rester suspendu dans un souffle. Un visage se dessinait, finement découpé dans du papier ou modelé sur un fil métallique dont l'ombre se balançait au mur. L'ombre et la lumière se guettaient et se poursuivaient, le métal tintait, et il y avait dans ces jeux une fraîcheur d'enfance. Cette grâce fragile, pourtant, était née d'un savoir-faire lentement étudié et acquis. Chaque pièce nous prouvait que l'art n'est pas une façon de voir ou de montrer, mais une façon d'apprendre. Yannick cherchait sa voix dans les matériaux les plus humbles, dans le geste qui efface plutôt qu'il n'impose : c'est ce qui le rendait si touchant.

Nous croyons facilement que nous sommes inscrits dans une durée sans limites. À soixante ans nous ne nous sentons pas plus vieux qu'à vingt, nous avons toujours de l'appétit, nous cherchons la nouveauté, le plaisir, avec à peine plus de lenteur qu'autrefois. Et puis l'histoire habituelle : au hasard d'une analyse de sang ou d'une radio, le chiffre bizarre, la tache inquiétante, et la petite route qui ondulait entre les vignes prend une pente effrayante, nous dévalons de plus en plus vite dans un paysage qui devient de rocaille et de boue, il fait de plus en plus froid, de plus en plus noir. On a découvert dans le crâne de Yannick une bestiole malfaisante. Un jour il est venu à la maison avec Claude, son compagnon. C'était un beau jour de printemps éclatant de verts tendres et de jaunes. Nous avons déjeuné dehors, une casquette protégeait le crâne rasé de Yannick. Claude et lui semblaient inhabituellement mélancoliques, un peu pâles, ils contemplaient le paysage avec un sourire grave et nous avons compris après leur départ que Yannick était venu nous dire adieu. Nous ne l'avons pas revu.

Muß es sein ? Es muß sein ! « Cela doit-il être ? Cela est ! » vociférait Léo Ferré à la suite de Ludwig van Beethoven. Cela est, le vent emporte les amis et les jours, rien ne sert de gémir.

J'ai parlé plus haut de Josyane, la mère de Carol, qui m'avait offert une méthode de dactylographie afin de m'aider à taper plus rapidement mon premier manuscrit. Que ne m'a-t-elle offert *Le roman sans peine*, tant qu'à faire. J'en aurais eu l'usage.

Je pense que tu l'aurais aimée. C'était une femme décidée, de celles qui vous tirent vers le haut. Je constate au passage que la très grande majorité des personnes chères que j'ai citées dans ces pages n'ont pas fait d'études, ou alors courtes et chaotiques, et beaucoup de ceux que j'aime et qui par bonheur restent vivants sont dans le même cas. Beaucoup n'ont pas le bac, beaucoup ont connu ou connaissent des situations matérielles difficiles, très peu ont eu la chance, si c'en est une, de naître et de grandir dans des milieux privilégiés. Cela n'a rien de délibéré. Cela vient sans doute d'une méfiance instinctive vis-à-vis des chemins tracés, des corps constitués, des cultures de groupe, des milieux hermétiques organisés autour du seul impératif de la reproduction sociale.

Josyane a toujours dû se battre, et cet entraînement a fait d'elle une guerrière redoutable. Son père avait été victime très jeune d'un accident vasculaire cérébral qui l'avait laissé impotent, incapable de marcher ou de parler sinon par borborygmes, de bouger autrement que pour faire des croche-pieds aux enfants avec sa canne. Son éducation avait alors été confiée à des bonnes sœurs qui à la moindre incartade la faisaient s'agenouiller sur une règle en fer ou l'enfermaient dans un cabinet noir. Une bonne instruction catholique ainsi menée selon les principes d'une tradition ancestrale fait de vous, si tout se passe bien, une anarchiste convaincue.

Cela n'a pas raté. Josyane était révoltée, ce qui est fréquent, et savait choisir ses combats, ce qui est plus rare. Elle avait commencé à travailler à seize ans, je crois, peut-être quatorze, et avait découvert assez rapidement l'action syndicale avec la CGT, et la pensée libertaire avec les Auberges de jeunesse. Ayant épuisé les charmes du salariat, elle fonda une petite structure indépendante dans le domaine de la formation d'adultes, alors en plein essor, et me poussa à suivre moi-même une formation au Conservatoire national des arts et métiers, afin de constituer avec elle une équipe d'intervention dans le domaine de l'expression orale et écrite et de l'analyse des fonctionnements institutionnels. Nous avons travaillé en duo pendant plusieurs années, principalement dans le secteur de la santé, ce qui me permettait, en travaillant quelques jours par mois, de gagner à peu près de quoi vivre et de conserver suffisamment de temps pour écrire. J'admirais la perspicacité de ses analyses quand elle était face à un groupe de salariés. Elle éclairait avec précision les dysfonctionnements de la machine institutionnelle, retraçait avec exactitude les circuits du pouvoir et de l'information à partir de la parole informelle des groupes. Je crois qu'elle est la femme la plus intelligente que j'aie jamais rencontrée, forte de cette intelligence propre à ceux qui n'ont pas été coulés dans le moule de la scolarité conventionnelle, ce qui nécessite beaucoup plus d'efforts et d'invention, mais confère aussi une incomparable liberté d'esprit. Pour ceux-là, tout élément de culture est une conquête. L'âge n'a pas atténué son côté « Ni dieu ni maître », bien au contraire.

Elle disait toujours qu'elle n'accepterait jamais la déchéance physique, et qu'elle trouverait moyen d'éviter à ses proches le fardeau d'une infirme – elle savait de quoi elle parlait. Elle n'eut pas besoin de chercher ce moyen. Un accident cérébral massif l'emporta d'un coup, juste après une merveilleuse fête, celle du mariage de Lise, dans une petite gare désaffectée de Touraine reconvertie en salle des fêtes. Les tables avaient été installées le long de l'ancienne voie, sous une rangée de tilleuls, et durant deux jours des musiciens jouèrent, des enfants dansèrent, des rivières de vin coulèrent – et même un fleuve de vodka la nuit, car le marié était polonais. Josyane semblait heureuse, sereine, prête. Ces derniers mois son corps avait donné de nombreux signaux d'alarme, il était temps de lever le camp. Elle est morte quelques jours plus tard. Nous sommes allés répandre ses cendres, selon son souhait, dans l'estuaire de la Gironde. Le ciel était calme comme nous.

La Garonne, la Gironde, c'est notre monde natal, rappelle-toi. Notre enfance baigne dans l'odeur des embruns qui balayaient les quais de Bordeaux. Un crachin salé venu du large accompagnait le grondement du mascaret et les piaillements des mouettes : une odeur de départ. Un dimanche d'hiver nous avons assisté à la bénédiction des Terre-Neuvas en partance, tu te souviens ? Les coques roulaient au rythme des cloches de Saint-André, et sur les bords des bassins à flot les familles des marins en partance agitaient les mouchoirs tandis que l'archevêque entouré de chérubins en aubes de dentelle encourageait l'harmonie à envoyer ses flonflons contre la tourmente. Pour nous qui étions au milieu, et qui aimions jouer avec le puissant désir de ne pas bouger, il n'existait que deux rêves possibles : le rêve d'Orient et l'appel de l'Ouest. L'Orient est compliqué, il sent le poivre et l'opium, les longues expéditions à dos de chameau, le beurre de yack et la soie onéreuse. L'Ouest, c'est l'immensité vert-bleu, les danses du vent en jupe d'écume, le mystère des Sargasses, le fraîchin odorant, les cirés luisants dans les aubes glaciales, le soleil qui éclate soudain sur une mer d'étain, le pressentiment des naufrages et le rire des pirates, le frémissement des élingues dans des ports jamais tranquilles. C'est dans ce rêve occidental que nous avons grandi.

Michel n'était pas à l'Ouest. C'est le dernier de tes confrères que je veux faire comparaître. Il faisait partie de la bande parisienne, j'en ai parlé plus haut, celle que nous avions rencontrée quand nous vendions notre jeune force de travail à une agence bancaire des beaux quartiers de Paris.

Quand Michel a resurgi dans ma vie il y a deux ans, après une très longue période de silence, il venait d'apprendre sa maladie. Les chances de rémission étaient faibles. Il avait besoin de me parler. Il se trouvait près d'Albi, et m'a demandé de venir le rejoindre. Je n'avais pas entendu sa voix depuis des années, mais elle n'avait pas changé.

Je n'ai pas hésité une seconde, rendez-vous annulés, projets reportés, cap sur Albi.

Il y a vingt ans, alors qu'il était un pilier de notre bande d'amis, Michel avait choisi de disparaître d'un seul coup, et de ne plus nous donner signe de vie. Il venait de rompre avec sa compagne, et la cinquantaine approchant sans doute estimait-il que le moment était venu de changer d'existence. Cette rupture sentimentale coïncidait avec de grandes difficultés professionnelles : il était sur le point de fermer son atelier de maroquinerie parisien. Le secteur du luxe pour lequel il travaillait se tournait progressivement vers des fournisseurs chinois, et il avait perdu plusieurs gros clients, qui vendaient ses produits sous leurs labels prestigieux. Un peu avant sa disparition volontaire, jouant le tout pour le tout il avait décidé de griller ses dernières cartouches en misant tout sur une collection portant sa signature, qu'il emporterait au Japon, où il conservait quelques clients fidèles et où il espérait en trouver de nouveaux. Il avait placé ses ultimes ressources dans l'achat de cuirs précieux, de galuchat, de fermoirs, d'accessoires, avait fabriqué une collection splendide et programmé une tournée dans les grandes villes japonaises : le salut ou la fin.

Un matin à six heures j'ai entendu tambouriner à la porte du studio où je dormais, près de la rue Mouffetard – celui qui appartient aujourd'hui à Daniel. C'était lui. Il avait besoin de moi. La personne qui devait l'accompagner au Japon venait de faire défection. Nous ne serions pas trop de deux pour transporter les malles contenant les sacs, les ceintures, les portefeuilles en crocodile ou en autruche, tous ces objets fabriqués avec une précision et une délicatesse que seuls les connaisseurs étaient capables de distinguer. Il avait réservé à chaque étape du périple japonais une suite dans un grand hôtel. L'idée de refuser ne m'a même pas traversé l'esprit.

L'emploi du temps de nos journées au Japon était minutieusement préparé. Dès notre arrivée à l'hôtel, nous transformions la suite en showroom. Depuis Paris il avait contacté les clients, planifié les rendez-vous. Nous restions deux ou trois jours dans chaque ville, un peu plus à Tokyo. Dans la journée je le laissais tenter d'écouler sa marchandise et partais au hasard des rues, à pied, en métro, à vélo. Le soir nous nous retrouvions, et nous sortions dans les quartiers qu'il connaissait comme sa poche car il y venait plusieurs fois par an et fréquentait les restaurants rares, les bars étranges, les boîtes branchées. Tard, nous rentrions dormir dans la suite où flottait une odeur de cuir neuf, de vernis et de colle (ces produits qui ont, d'après les médecins, provoqué son cancer). Nous rencontrions des personnages étonnants, de riches amateurs qui nous invitaient dans des établissements raffinés, invisibles depuis la rue. Les soirées se prolongeaient dans des lieux plus électriques, et les nuits étaient souvent très courtes car le matin il fallait emballer l'exposition, prendre la route ou le train. Michel jouait gros, et le sommeil ne faisait plus partie de ses priorités. Une nuit, à Tokyo, nous nous sommes couchés vers deux heures du matin, passablement ivres, et à quatre heures le réveil a sonné car il tenait à tout prix à m'emmener découvrir l'extraordinaire marché aux poissons – disparu depuis. Nous avons vécu ce séjour dans un état d'excitation et d'exténuation mêlées, et cela reste un des souvenirs les plus forts de ma vie. Michel y a gagné quelque temps de sursis professionnel, mais pour finir il a dû jeter l'éponge, liquider son affaire, remercier ses ouvriers, la mort dans l'âme fermer l'atelier hérité de son père, qu'il avait réussi à faire prospérer avant que la mondialisation de l'économie n'en vienne à bout.

J'avais dix-huit ans quand nous nous sommes connus, une nuit d'été à Paris, rue Vieille-du-Temple. Un jeu de cartes, quelques copains, Phiphi, Lulu, quelques bouteilles : je l'ai raconté plus haut, les ingrédients étaient réunis pour former le noyau d'une solide bande. Au cours des deux décennies suivantes, nous sommes partis souvent en week-end et en vacances tous ensemble.

Nos liens étaient si forts que son effacement a été un mystère pour nous, un événement inintelligible, violent. Je comprenais obscurément ce geste, pourtant, ce qui explique que je ne m'en sois pas senti blessé, contrairement à d'autres, qui l'ont vécu comme un abandon. Michel devait le savoir, puisque c'est moi qu'il a recontacté une première fois, trois ou quatre ans après son départ. Je l'ai revu alors, brièvement, très heureux de le retrouver, de retrouver nos rires identiques et cette proximité pudique qui n'avait pas besoin de se dire. Il m'a invité à la bar-mitsva du fils de sa nouvelle compagne, une fête étonnante sur une péniche parisienne, puis il a de nouveau disparu, cette fois pour longtemps.

Il y a deux ans, donc, après des années de silence j'ai eu la surprise de voir son nom apparaître sur l'écran de mon téléphone. Il m'a appris qu'il était établi non loin d'Albi, près de chez sa grande amie Betty, où il avait repris son activité de maroquinerie. Il travaillait toujours avec le Japon, mais en solitaire. Il n'avait plus d'ouvriers à l'année, et se faisait aider au coup par coup pour les grosses commandes par des ouvriers qualifiés de la région, où la tradition du travail du cuir a laissé quelques traces. J'ai découvert sa maison, sa nouvelle façon de vivre, dans un hameau du Tarn. Nous avons retrouvé les gestes d'avant, les mêmes thèmes de conversation, la même proximité.

Mais je n'étais pas venu pour parler des Pink Floyd, des concerts de David Gilmour ni du renouveau des vins de Gaillac. Michel était malade, il avait peur. La nuit venue, nous nous sommes installés sur la terrasse, et nous avons parlé jusqu'au matin en buvant du vin blanc, assis l'un près de l'autre, en nous donnant la main.

J'ai appris qu'après la fermeture de son atelier, il était parti vivre en Corse durant plusieurs années, exerçant le métier dont il avait toujours rêvé : skipper sur un voilier de treize ou quinze mètres. Il avait toujours été passionné par la voile. Je garde le souvenir d'une croisière avec lui, au départ de Bonifacio, avec le projet de rejoindre la Sicile. Des vents forcenés et une mer mauvaise nous avaient contraints à rebrousser chemin en faisant le tour de la Sardaigne, et au cours de cette nuit dans sa maison du Tarn nous n'avons pas manqué de remonter dans nos filets les souvenirs innombrables qui nous liaient : un échouage à Olbia, une tempête soudaine sur un lac d'Irlande alors que nous naviguions à bord d'une barque avec Carol enceinte, quelques parties de pêche ou de poker, les bonheurs partagés, tout ce bric-à-brac mémoriel si simple et si précieux qui fonde nos vies. Les médecins lui laissaient peu d'espoir. Il n'avait aucune intention de s'éterniser dans des traitements incertains, des souffrances humiliantes. Il avait un plan, déjà bien engagé. Un ami corse lui fournirait une barque et une arme. Il partirait seul au large et mettrait un terme à la plaisanterie. C'est pour m'annoncer ce projet qu'il m'avait fait venir.

Il y avait selon moi un obstacle à ce plan. Au cours de notre longue conversation Michel m'avait appris qu'il s'était fâché quelques mois plus tôt avec son fils unique, Jérôme, et j'ai passé la nuit à tenter de le convaincre qu'il ne pouvait pas quitter la compagnie des vivants avant de s'être réconcilié avec lui. Le matin même, il l'a appelé. À mon réveil je l'ai vu heureux et soulagé, et cette reprise inespérée du lien a contribué à lui faire abandonner le projet corse. « Je suis aimé ! » disait-il presque en riant lors de notre dernière conversation téléphonique, peu de temps avant sa mort, au bout de deux ans de lutte. Une autre maladie, planétaire celle-là, nous aura empêchés de fêter comme il se devait son largage d'amarres. Où que mon regard se porte, je vois le cercueil de bois blanc posé au milieu de rien.

Il est mort, isolé par un virus qui rendait impossible tout rassemblement. Tous ses amis étaient confinés, comme tout le pays, comme la planète entière, et seul Jérôme a eu le droit de l'accompagner au crématorium. Il a pris quelques photos juste avant le passage aux flammes, et les a envoyées aux proches afin de leur faire partager un peu de ce moment.

Un simple cercueil en bois blanc, aux arêtes vives, sans moulures, ni ornements, ni crucifix. Une plaque collée sur le couvercle indiquait un prénom, un nom, deux dates : *Michel A., 1949 – 2020.* La plaque était faiblement éclairée par une petite bougie qui luisait au fond d'un godet en plastique vert posé à même le couvercle. Un scellé rouge, « Police nationale », faisait office de décoration, avec un numéro imprimé dans la cire : 00575. Le cercueil reposait sur une table étroite couverte d'un tissu gris qui descendait jusqu'au sol. De la pièce du crématorium où il était entreposé, les photographies laissaient distinguer peu de choses : un pan de mur gris et nu, une porte standard en contreplaqué, un plancher plastifié dans les tons beiges. J'allais oublier un élément important de la scénographie : à proximité de la tête du cercueil, sur un tabouret en bois se dressait une urne cylindrique noire, elle aussi dépourvue de toute ornementation, pareille à l'emballage en carton d'une bouteille de whisky – cela du moins n'eût pas déplu au défunt, dont les cendres y seraient recueillies dans quelques instants.

Je ne parviens toujours pas à imaginer Michel étendu, seul, entre ces planches de bois grossier, sans que nous soyons là. Par la faute d'un simple virus, ses amis n'auront même pas pu, pour l'occasion, se faire une tête d'enterrement.

Les morts, les pauvres morts, ont de grandes douleurs, et les vivants n'ont jamais été aussi seuls.

15

Il existe à Bayonne une librairie que tu n'as pas pu connaître, créée bien après ta disparition. Elle est située rue Port-de-Castets, entre la cathédrale et la Nive. La ville n'est plus vraiment celle que tu as aimée, dont tu as arpenté les rues – car comme dit celui qui cherche le temps perdu, « le souvenir d'une certaine image n'est que le regret d'un certain instant ; les maisons, les routes, les avenues, sont fugitives, hélas ! comme les années ». J'ai du mal moi aussi à y reconnaître les couleurs et les odeurs qui m'enveloppaient quand je la traversais avec mes cannes à pêche pour attraper quelques mulets dans l'eau verte de l'Adour et rapporter, tout fiérot, les gros poissons chez Marraine, qui n'en pouvait plus de cuisiner cette chair fade et molle, ou quand nous allions jouer au tennis sous les remparts – tu t'ennuyais alors, Gilles me l'a rappelé, à nous regarder balancer nos balles dans le filet ou par-dessus les grilles.

J'ai parlé plus haut de signes, de coïncidences, de rencontres. Quelques jours après la sortie d'*Une amie de la famille*, j'ai reçu un message électronique par l'intermédiaire de Marie Hirigoyen, qui tient la librairie en question. Elle me transférait le courriel d'un de ses clients : « Ayant été un des acteurs du drame que retrace Jean-Marie Laclavetine dans son livre *Une amie de la famille*, je me permets de vous solliciter pour, s'il le désire, entrer en contact avec lui. Pouvez-vous lui transmettre à cet effet mon adresse, ou s'il le préfère me communiquer la sienne ? »

L'adresse électronique indiquait un nom, Jacques Fagalde, qui ne m'était pas inconnu. Je l'avais lu dans un article de *Sud-Ouest* daté du 2 novembre 1968, et je le citais dans le livre : « Ce sont finalement quatre jeunes surfeurs courageux qui réussissent à s'approcher d'Annie et l'empêchent d'être engloutie. Ils s'appellent Jacques et Michel Fagalde, Pierre Molia et Michel Clos. »

C'est ainsi que je rencontre Jacques. Nous nous voyons une première fois à Bordeaux, dans un bar de la place Puy-Paulin où il me raconte son histoire, celle d'un sauvetage manqué qui n'a jamais cessé de le hanter. Il est avec sa femme et sa sœur Maya, qui me dira plus tard à quel point ta noyade est restée un événement inoubliable pour toute la famille. Jacques évoque cette journée. Il avait vingt-quatre ans et se trouvait sur la plage de la Petite Chambre d'Amour à Anglet, en train de démonter la cabane de surf du club en prévision de l'hiver, avec son frère Michou et leurs deux amis. Jacques a été un fondateur du premier club d'Anglet, et sa passion pour les vagues ne l'a jamais quitté. Par qui sont-ils prévenus ? Jacques se souvient de nos parents, descendus en voiture depuis le phare, criant : « Sauvez nos enfants ! Ils sont en train de se noyer ! » Mais ce sont peut-être les pompiers eux-mêmes qui les ont alertés. Leur capitaine avait ordonné le retour à terre du Zodiac, craignant pour leurs vies.

« Sauvez mes enfants ! » Les quatre jeunes gens n'hésitent pas. Ils se mettent torse nu, courent en direction du phare le long de la plage jusqu'à l'endroit où elle rejoint la falaise, et se jettent dans les vagues froides de novembre. As-tu pu les voir ? As-tu distingué l'agitation sur la plage, comme la nageuse de mon roman ?

Lorsque nous sommes retournés sur les lieux avec Gilles et nos frères, cinquante ans après jour pour jour et à l'heure précise de l'accident, le 1er novembre 2018 à 15 h 22, nous avons arpenté les rochers pendant deux heures, en cherchant des traces, des lueurs dans l'obscurité de nos mémoires pour retrouver précisément le trajet que tu avais effectué ce jour-là avec nous, tes derniers pas sur la terre ferme, l'endroit où ton pied a quitté le sol pour ne plus jamais s'y reposer. À force de déductions, d'observations, nous sommes arrivés à une conclusion qui nous semblait la plus plausible, dont Jacques conteste pourtant l'exactitude. Il m'explique que la reconstitution de l'accident à laquelle je me livre dans *Une amie de la famille* est erronée au moins sur un point. Le phare de Biarritz est situé sur un promontoire qui sépare la Chambre d'Amour, au nord, de la baie de Biarritz, au sud. Selon lui, nous ne sommes pas descendus vers la mer ce jour-là en venant par Biarritz, contrairement à ce que j'explique dans mon récit. L'endroit où il t'a rejointe dans l'eau prouve selon lui que nous sommes arrivés sur la plateforme rocheuse, au ras des vagues, par un petit escalier qui descend en zigzag côté

Anglet – escalier dont la présence nous a échappé en novembre 2018. Après l'escalier, me dit-il, des échelles de fer rouillées descendaient sur ce balcon rocheux que les gens du coin appelaient jadis « le pêchoir nord », depuis lequel on posait des casiers à araignées quand il y en avait encore. Il connaît très bien les courants locaux, et il affirme que si nous étions venus par Biarritz, comme je l'ai toujours cru et comme je l'affirme dans le livre, tu aurais été entraînée par le courant vers le sud.

Cela n'a aucune importance, bien entendu. Rien ne te rendra à la vie, il n'y aura pas de révision du procès. Pourtant je ne peux pas prendre ce détail à la légère. Il y a quelque chose d'apaisant à se dire que l'événement s'est déroulé de telle manière, sans contestation possible : tout, enfin, est en ordre. Cependant la place Puy-Paulin est bien loin de la Chambre d'Amour et les explications de Jacques ne correspondent pas à des images précises, j'ai du mal à visualiser l'emplacement du fameux escalier. Je me dis qu'il faudra retourner un jour prochain sur les lieux pour mettre un point final à l'enquête. Les occasions, d'ailleurs, se présentent rarement d'elles-mêmes ; mieux vaut les susciter.

C'est ce que je ferai en allant à Bayonne deux mois plus tard, à la fin du mois de juin 2019.

La chaleur ce jour-là est accablante. Jacques est venu m'accueillir à la gare Saint-Esprit. L'état de canicule a été déclaré, m'annonce-t-il en souriant, ce qui signifie que des milliers d'écoles françaises ont été fermées par précaution. Nous tombons d'accord sur ceci : l'enfer de l'ennui est pavé de grandes précautions.

Jacques a prévu le programme de la journée. Sur le

tableau de bord sont posés deux bouquets d'immortelles des dunes, ces fleurs odorantes qui sont la marque de la côte atlantique que tu aimais tant. Ce parfum, c'est celui de l'enfance, des courses sur les dunes peignées par le vent. Ce sont deux petits bouquets modestes et charmants, comme un mimosa qui aurait fait une cure de discrétion (bien loin de celui de Francis Ponge : « Sur fond d'azur le voici, comme un personnage de la comédie italienne, avec un rien d'histrionisme saugrenu, poudré comme Pierrot, dans son costume à pois jaunes »...). Tout en devisant, nous longeons l'Adour jusqu'à Anglet. Jacques veut me montrer l'itinéraire que nous avons suivi en 1968.

Mais avant cela, il doit me raconter les vagues, car il les connaît très bien. Nous nous installons à la terrasse d'une petite échoppe qui surplombe la Chambre d'Amour, où nous mangeons des chipirons, des *rabas*, des *pimientos de Padrón* en buvant un verre de vin blanc frais. Il me parle de sa passion pour la mer, qui a tenu une grande place dans sa vie. Il évoque les fameuses « vagues scélérates », véritables murailles en mouvement, parfois hautes de trente mètres, capables de renverser ou de briser de gigantesques paquebots ou des porte-containers grands comme des barres d'immeubles. Ces vagues ont longtemps appartenu aux légendes immémoriales qui peuplent l'imaginaire marin, et les scientifiques leur déniaient toute réalité jusqu'à une époque récente ; le phénomène est désormais reconnu, et étudié avec attention dans des stations spécialisées de haute mer.

Il existe toutes sortes de vagues. Ce jour-là, m'explique-t-il, il y avait une mer « d'artie ». C'est un mot utilisé par les vieux marins biarrots dont il ignore l'orthographe, il pourrait selon lui provenir du jargon des artilleurs de retour de la Première Guerre. Il désigne un état de l'eau connu des surfeurs, caractérisé par une longueur de houle importante, où un calme plat pouvant atteindre vingt minutes alterne avec des séries de vagues rapprochées, de plus en plus hautes, qui s'atténuent par la suite. On l'appelle aussi « mer de la neuvième vague », celle-ci étant la plus grosse de la série. C'est sans doute ainsi que nous avons été trompés quand nous sommes descendus sur les rochers, mis en confiance par le calme apparent de la mer. La vague est montée et a roulé sur nous – probablement sans se briser, sinon nous aurions été tous emportés. Pas vraiment scélérate, mais tout de même un peu.

Le repas terminé, nous nous mettons en marche vers le phare, nos petits bouquets à la main. Nous passons devant la grotte légendaire, la fameuse Chambre d'Amour qui donne son nom à la baie, cette cavité naturelle où deux jeunes amants basques, Laorens et Saubade, le pauvre berger et la riche héritière, abritèrent jadis leur amour interdit, jusqu'à ce qu'une vague vienne les y cueillir une nuit – à coup sûr la mer était d'artie. Il ne reste rien de la grotte, en vérité, si ce n'est une pancarte installée par le syndicat d'initiative.

Jacques reconstitue pour moi les événements. Il est donc sur la plage en compagnie de son frère et de deux amis, ce 1er novembre 1968, en train de démonter la cabane où les surfeurs entreposent les planches pendant la saison. Soudain ils entendent des cris, des appels à l'aide. Ils se jettent dans l'eau froide. Jacques est le plus âgé, et aussi le plus aguerri. Il fait son service militaire à l'époque, et bénéficie en tant que sous-lieutenant parachutiste d'un entraînement physique poussé. C'est pourquoi il prend naturellement de l'avance sur les trois autres, et te rejoint à une vingtaine de mètres de la paroi rocheuse balayée par les trains de houle. À ce moment tu es toujours vivante, mais quand il arrive à tes côtés tu n'es plus vraiment consciente. Tu as le visage hors de l'eau, tu avales des tasses que tu vomis, près de lâcher prise. Il parvient à te saisir. La houle se jette avec violence contre la falaise du phare, et les jeunes gens tentent de t'éloigner du danger et de te ramener au plus vite sur le rivage. Ils progressent en direction de la plage, parviennent à t'entraîner jusque dans la zone de déferlement. Mais la mer, d'artie ou pas, scélérate ou non, n'aime pas qu'on lui vole ses proies. Ils ne voient pas arriver une vague qui roule jusqu'à eux, déterminée, hargneuse. Elle vient reprendre ton corps que les garçons ne parviennent pas à retenir. Ils te suivent désespérément, te retrouvent derrière un rocher plat sur lequel ils te hissent pour tenter de te ranimer. Cependant aucun d'eux n'en a la force, les vagues qui balaient le rocher les en empêchent de toute façon. Ils décident alors de repartir à l'eau avec toi, et t'accompagnent enfin jusqu'à la plage où un attroupement s'est formé. Ce sont tes derniers instants, tu es déjà inconsciente, la vie te quittera quand on t'allongera sur la plage, malgré les efforts de Maman, ou quelques minutes plus tard puisque le journal indique que la vie t'a quittée pendant le trajet de l'ambulance vers l'hôpital. Jacques n'a aucun souvenir de la suite, il est sonné.

Quand je l'ai rencontrée à Bordeaux, la sœur de

Jacques, Maya, m'a raconté que dans les jours qui ont suivi il était plein de tristesse et surtout de colère. Jacques se remémore vaguement une visite qu'il a rendue à Marraine, un peu plus tard, dans son appartement d'Ur Gaina proche des arènes de Bayonne, pour présenter ses condoléances, mais il n'en est pas absolument certain.

En ce jour resplendissant de juin 2019, tout en me faisant le récit du jour lointain et gris où il a risqué sa vie pour la tienne, Jacques me conduit vers les rochers, sous le phare. Il me montre par où nous sommes réellement passés en novembre 1968 : le petit escalier à flanc de falaise menant à une terrasse étroite, pourvue d'une rambarde en pierre, qui surplombe de deux ou trois mètres les rochers accessibles à marée basse.

Tout est clair désormais : c'était donc ici. Nous restons longuement, Jacques et moi, à regarder l'océan si paisible, d'un bleu-vert tendre, qui étale devant nous sa draperie estivale, scintillante et joyeuse. Qui pourrait y voir l'ogre vorace que nous connaissons ?

Jacques me tend alors un des bouquets d'immortelles. Il semble avoir prévu chaque étape de cette journée, selon une dramaturgie secrète. Le bouquet est soigneusement composé, les tiges serrées sont assemblées avec un fil vert. C'est le moment de t'adresser un dernier salut. Je jette le bouquet à l'eau comme il m'invite à le faire, à la façon des marins quand ils rendent hommage à leurs morts, à l'endroit même où la tentative de sauvetage a eu lieu. Le pompon jaune tangue sur l'eau verte, nous contemplons en silence sa lente dérive, et cet instant semble n'avoir pas de fin.

Il faut pourtant nous arracher à cette contemplation, car nous n'avons pas terminé.

Avant d'aller au cimetière, nous passons devant une splendide bâtisse du dix-neuvième siècle, en pleine gloire dans le soleil de juin, qui domine la baie de Biarritz à proximité du phare. Un vieil ami de Jacques y habite une ancienne chambre de bonne, tout en haut. Jean est un très jeune homme de quatre-vingt-dix ans. Jacques l'a perdu de vue ces dernières années, et en passant devant l'immeuble il sent que la journée serait propice aux retrouvailles. Il cherche son numéro, le compose. Jean sera-t-il chez lui ?

Quelques minutes plus tard nous buvons du jurançon dans le petit appartement aménagé avec goût, face à la petite terrasse donnant sur l'océan : un panorama embrassant les Pyrénées et la Rhune, la côte basque filant vers l'Espagne, et en face, l'infini remuant où tu n'en finis pas de nager. Nous devisons sur les vagues et sur la montagne, leurs passions respectives. Ils ont fait beaucoup de montagne ensemble, jadis, jusqu'à ce que la passion du surf prenne pour Jacques une dimension exclusive. Jean parle de la mer, des rochers, des noyades fréquentes sous sa fenêtre. Nous sommes à cent mètres du phare, et vue d'en haut l'onde paraît si aimablement verte et bleue et pacifique qu'il semble impossible qu'elle ait pu t'ôter la vie dans un cadre aussi accueillant, et j'essaie en vain de distinguer, depuis la terrasse, le bouquet d'immortelles à la surface de l'eau – il doit dériver quelque part dans l'immensité, parmi les reflets clignotants. La bouteille se vide, Jean nous raconte qu'il a passé du temps, ces jours-ci, à rechercher un film dont il a été l'un des acteurs ; pour un peu il aurait fait une carrière dans le cinéma. En 1942 il a été emmené avec des dizaines d'adolescents de Biarritz et Bayonne à Arcangues. Leur mission était de défricher un terrain pour les besoins d'un film de propagande qui a été projeté en première partie des *Dieux du stade*, ce qui n'est pas rien, nous devons en convenir. Jean était mince, très blond, les yeux clairs – il est resté beau et alerte –, et le cinéaste lui a réservé une place de choix dans ses plans. Ce souvenir le tracassait, il était à la fois gêné que son image ait été utilisée pour une telle œuvre à la gloire du Maréchal et des chantiers de jeunesse, et curieux de voir si le garçon de treize ans qu'il avait été crevait effectivement l'écran. Il a recherché le film, a fini par le trouver sur le site de l'INA ou de la Cinémathèque. Il a pu le visionner, mais il a eu beau scruter les plans un par un et repasser le film, il ne s'est pas vu, il avait été coupé au montage. Déception et soulagement, mort dans l'œuf de sa carrière de vedette.

Mais il nous faut prendre congé, nous avons encore un geste à accomplir : Jacques a prévu que nous allions maintenant au cimetière de Bayonne. Je dois raconter ici un élément important dont j'ai différé le récit. J'ai dit que Jacques a été profondément marqué par l'échec de ton sauvetage, ressenti comme un manquement à sa mission, malgré le courage dont il a fait preuve avec ses camarades. (J'ai rencontré le lendemain un autre des sauveteurs, Pierre Molia. Il était très ému à l'évocation de cette lointaine journée. Il m'a appris que deux médailles leur ont été décernées pour leur geste héroïque : la médaille de la marine marchande, et celle de la Société d'encouragement au dévouement. « Pour notre mérite ? Mais le mérite de quoi ? Nous ne l'avons pas sauvée ! » Les distinctions lui paraissaient dérisoires, et il n'excluait pas qu'on les leur eût remises pour compenser le renoncement des pompiers, qu'il n'a toujours pas accepté.)

Ce que je n'ai pas dit, donc, c'est que Jacques a une autre raison d'être hanté par ce souvenir. En effet, le drame de la Chambre d'Amour a connu une terrible réplique dans sa vie, trente ans plus tard, lorsque son fils Christophe, avec qui il faisait du ski hors piste, a été emporté par une avalanche sous ses yeux. Il a tenté de le retrouver sous la neige, participant désespérément avec les secours aux recherches avant d'être évacué de force.

Or, voyez comme le hasard s'amuse de nos peines : en ce beau jour de juin, tandis que le bouquet d'immortelles s'efface peu à peu dans l'immensité verte, nous sommes précisément le jour de l'anniversaire de Christophe. J'ai choisi la date de ma venue dans l'ignorance de ce fait.

Jacques habite à proximité du cimetière, nous passerons d'abord chez lui nous rafraîchir et saluer son épouse Marie-Hélène, déjà rencontrée à Bordeaux. Elle a l'éclat triste dans le regard que je reconnais aussitôt, celui que je voyais dans les yeux de nos parents après ta mort, qu'ils ont toujours conservé. Tu étais partout, comme Christophe l'est pour elle et pour Jacques, comme les morts aimés qui impriment leur marque discrète sur les visages de ceux qui leur survivent. « Car y a-t-il rien qui vous élève / Comme d'avoir aimé un mort ou une morte / On devient si pur qu'on en arrive / Dans les glaciers de la mémoire / À se confondre avec le souvenir »...

L'autre bouquet d'immortelles, nous le déposerons sur ta tombe, tout à l'heure. Elle est située à quelques mètres de celle de Christophe, sur laquelle nous nous recueillerons ensuite. J'aime à penser que ce voisinage aura entraîné entre vous deux, si jeunes, quelques doctes conversations sur le sens de la mort.

Mais ne restons pas dans ce cimetière, ce n'est pas un lieu pour nous. Parlons plutôt de ce jour de juillet 2019 où nous nous sommes rassemblés pour une fête. En réalité, c'est toi qui nous invitais, nous les survivants. Tu étais là, bien présente. Dans le livre, je le dis plus haut, j'avais décrit le silence familial comme un sortilège : autrefois, ton fantôme familier circulait parmi nous, posant ta main sur nos lèvres pour nous empêcher de prononcer ton nom. Désormais la malédiction était levée.

Ce jour-là nous nous sommes réunis autour de toi, famille, amis, dans la campagne resplendissante, heureux d'être ensemble. Ceux que tu as connus, Gilles, Lydie, Jacques, tes frères, et ceux qui t'ont connue à travers le silence qui formait une traîne dans ton sillage – tes nièces, tes neveux, et même une ancienne amie de Gilles, Géraldine, dont tu connaissais la sœur, retrouvée grâce au livre. Comme dans le poème d'Apollinaire « La maison des morts », les défunts et les vivants devisaient, bras dessus, bras dessous. « Ils n'avaient pas oublié la danse / Ces morts et ces mortes / On buvait aussi / Et de temps à autre une cloche / Annonçait qu'un autre tonneau / Allait être mis en perce »...

Nous avons ri, chanté García Lorca en souvenir de toi : « Mi niña se fue a la mar »… Ce fut un beau moment, Annie, quelle bonne idée tu as eue de nous rassembler.

Qui sait où est arrivé le bouquet d'immortelles à présent ? Je veux croire qu'il sèche sur une de ces plages mexicaines où jadis tu as, lors d'un voyage mémorable, promené tes dix-huit ans.

16

La vie des morts, murmurait notre père.

Merci aux morts et aux vivants qui ont traversé cette histoire, souvent désignés dans le texte par leurs seuls prénoms :

Jérôme Adolphe, Michel Adolphe, Hala Akkawi, Alexandre Alajbegovic, Rafael Alberti, Eva Almassy, Guillaume Apollinaire, Louis Aragon, Dominique Aury, Bacchus, Joseph Balsamo, Muriel Barbery, Jean-Michel Barbier, Christine Barbier-Kontler, Ferdinand Bardamu, Flore Barret, Jérôme Barret, Charles Baudelaire, Samuel Beckett, Ludwig van Beethoven, Yiğit Bener, Maya Berger, Marie-France Berthin-Manteau, Maylis Besserie, Pierre Bezoukhov, Hector Bianciotti, François Billetdoux, David Bironneau, Fabrice Bironneau, Marité Biziou, Leopold Bloom, Christian Bobin, François-Xavier Boisserie, Chantal Borde, Alain Borer, Andrée, François, Jacques, Paul, Rachel et Serge Bories, Sébastien Bottin, Patrick Bourdonneau, Pierre Bourgeade, Lisa Bresner, Francis Bueb, Aureliano Buendía, Katia Calisi, Catherine Camus, Pierre Caslot, François Cavanna, Michel Chaillou, Sophie Chanson, Jean-Luc Chapin, Philippe Chardon, François Chaumette, Chantal Chevallier, Katia Chibi, Michael Cimino, Michel Clos, Colette, Julio Cortázar, Elena Costa, Claude Couvret, Jean-Baptiste Del Amo, Philippe Delœuvre, Josyane Delorme, Marion Deltheil, Éric Des Garets, Jean Demélier,

Camille de Toledo, Muriel Detrie, André Dhôtel, Bernard Dimey, Zlatko Disdarevic, Joffrine Donnadieu, Jean-François et Marie-Do Dubreuil, Betty Dumoulin, Marguerite Duras, Annie Ernaux, Christophe, Jacques, Marie-Hélène et Michel Fagalde, Léo Ferré, Filip, Soizic, Gaspar et Lola Forgeau, André François, Sigmund Freud, Sami Frey, Ziba Galijasevic, Antoine Gallimard, Robert Gallimard, Gargantua, Marie Gauthier, Pierre Gestède, David Gilmour, Nicole Gore, Nicole et Roger Grenier, Yvette Guilbert, Louis Guilloux, Philippe Guilloux, Archibald Haddock, Marie Hirigoyen, Paco Ibáñez, Eugène Ionesco, Patrick Jézéquel, Anna Karénine, Nathalie Kuperman, Monique Labrune, Anna, Annie, Bernard, Carol, Dominique, Fanny, Janine, Jean, Jules, Léo, Lise, Louisette, Marion, Martin, Mia, Michel, Noé et Pierre Laclavetine, Jean Lahougue, Georges Lambrichs, Sébastien Lanson, Patrick Laurent, Xavier Le Clerc, J.M.G. Le Clézio, Géraldine Lefebvre, Francis Lemarque, Yannick Lepetitcorps, Gilles Leroy, Philippe Le Tendre, Bernard Lortholary, Jean Lousteau, Stéphane Mallarmé, Mangeclous, Jean-Jack Martin, Carole Martinez, Montserrat et Salvador Martinez, Predrag Matvejević, Gilles Mazerau, Miou-Miou, Pierre Molia, Molloy, Nolik, Bernadette Nouvellot, Valère Novarina, René de Obaldia, Victoria Ocampo, Juan Carlos Onetti, Sancho Pança, Pantagruel, Claire Patout, Daniel Pennac, Georges Perros, Robert Pinget, Christian Pirot, Jean-Bertrand Pontalis, Alexandre Postel, Lydie Pruvot, Beatrix Puyo, Alonso Quichano, Pascal Quignard, Chantal Râclée, Pauline Réage, Jacques Réda, Jean-Pierre Riber, Arthur Rimbaud, Michel-Jean Robin, Gérard Rondeau, Serge Roux, Ignacio Sánchez Mejías, Oscar Vladislas de Lubicz-Milosz, Pablo Neruda, François Rabelais, Rodion Raskolnikov, Louis Roque, George Sand, Dominique Sarrazin, Franz Schubert, Jorge Semprún, Jean Sibeud, Armand de Sillègue d'Athos d'Hauteville, Maurice Sinet, Leïla Slimani, Rusmir Smajilhodzic, Guy Suarès, Anton Tchekhov, Laurent Terzieff, Richard Texier,

Annick Touzalin, Porthos du Vallon de Bracieux de Pierrefonds, Hélène Védrine, Paul Verlaine, Philippe Videlier, Bertrand, Chantal et Danièle Visage, Jacques et Romanita Voyet, Catherine Weil-Sinet, Méziane Yaici, et ceux qui viennent, vivants et morts.

Œuvres de Jean-Marie Laclavetine (suite)

Aux Éditions de la Branche

PARIS MUTUELS, *roman*, 2012.

Aux Éditions Christian Pirot

RABELAIS, *essai*, 1982.

GENS D'À CÔTÉ. Sur des photos de Jean Bourgeois, 1992.

Aux Éditions du Cygne

RICHARD TEXIER, MON COUSIN DE LASCAUX. Sur des peintures de Richard Texier, 1995.

Aux Éditions Champs Vallon

ÉCRIVERONS ET LISERONS. Dialogue en vingt lettres avec Jean Lahougue, 1998.

Aux Éditions Le Temps qu'il fait

LES DIEUX DE LA NUIT. Sur des peintures et objets de Richard Texier, 1998.

Aux Éditions National Geographic

LA LOIRE, MILLE KILOMÈTRES DE BONHEUR, 2001.

Aux Éditions Somogy

JEAN-CHRISTOPHE MAILLOT, D'UNE RIVE À L'AUTRE, 2009.

Composition : Nord Compo
Achevé d'imprimer
par Normandie Roto Impression s.a.s.
61250 Lonrai, en février 2021
Dépôt légal : février 2021
Numéro d'imprimeur : 2100408

ISBN : 978-2-07-294084-2 / Imprimé en France

379333